변혁 1998 6권

천지무천 장편 소설

초판 1쇄 찍은 날 § 2020년 6월 24일
초판 1쇄 펴낸 날 § 2020년 7월 1일

지은이 § 천지무천
펴낸이 § 서경석

총괄팀장 § 노종아
편집책임 § 김예슬
디자인 § 소소연

펴낸곳 § 도서출판 청어람
등록번호 § 제387-1999-000006호
등록일자 § 1999. 5. 31
어람번호 § 제1-3063호

주소 § 경기도 부천시 부일로 483번길 40 서경B/D 3F (우) 14640
전화 § 032-656-4452 팩스 § 032-656-4453
http://www.chungeoram.com
E-mail § chungeorambook@daum.net

6 [완결]

천지무천 장편소설

FUSION FANTASTIC STORY

변혁
1998

변혁 2부

도서출판
청람

변혁
1998

목차

Chapter 1

예인의 모습은 그대로였다.

달라진 것이라고는 짧은 머리와 화장기 있는 얼굴뿐.

"제 얼굴에 뭐라도 묻었나요?"

예인의 목소리를 기대했지만 조금은 굵고 중성적인 목소리가 들려왔다.

'설마 했지만, 예인이 아니야……'

예인이 늘 보여주던 환한 미소와 반가운 목소리로 자신을 반겨줄지도 모른다는 기대도 조금 했지만, 지금 눈앞에 있는 사람은 천녀였다.

"아닙니다. 아는 사람이지만 너무 다른 느낌이라서 조금 놀랐습니다."

"후후! 날 예인이라고 생각하시면 안 됩니다. 오늘 표도르 강 회장을 만나자고 한 것은 그리운 사람을 만나기 위한 것이 아니라, 비즈니스를 위해서입니다. 러시아의 차르와 중국의 여황제가 될 사람 간의 비즈니스 말입니다."

천녀의 말투나 행동에서 예인의 모습을 찾을 수 없었다.

정말이지 예인의 모습을 하고는 있지만, 행동은 전혀 달랐다.

"어떤 비즈니스를 위해 날 부른 것입니까?"

"우리 앉아서 천천히 이야기를 나누시지요."

천녀는 푹신한 소파를 가리키며 말했다.

내가 앉자 천녀도 맞은편 소파에 앉았다.

중국 청나라 시대의 전통복장인 치파오를 입은 천녀가 소파에 앉자 길고 흰 다리가 그대로 드러났다.

일부러 이런 모습을 연출하기 위한 것처럼.

"제가 놀란 것은 순순히 내 초대를 받아들였다는 거예요. 내가 누군지 알고 있을 텐데도 말이에요."

"솔직히 전 예인이를 만나보고 싶어서 왔습니다."

"깔깔깔! 역시, 내가 생각했던 대로 솔직한 면이 있습니다.

그래서 예인이가 포기를 모르는 것 같습니다."

"예인이는 제가 알고 있는 그 누구보다도 강한 친구죠."

"맞아요. 누구보다 강하고, 아름다운 몸을 가지고 있죠. 이 몸을 보면 누구라도 탐하고 싶은 마음이 드니까. 안 그런가요? 강태수 씨."

천녀는 길고 가는 허벅지가 다 드러난 다리를 쓰다듬으며 말했다.

"전 탐하고 싶은 마음보다는 아껴주고 싶은 마음뿐입니다. 예인이는 당신이 아니었다면 행복하게 살아갈 수 있었는데 말입니다."

"깔깔깔! 행복하게 살아간다고? 그런 거짓말을 아무렇지 않게 하다니, 당신도 다른 남자와 다를 것이 없는 것 같은데. 예인을 지금 당장 받아들일 수 있다면 내가 놓아줄 수도 있는데."

천녀는 돌발적인 자세를 취하며 바짝 얼굴을 내게 내밀며 말했다.

"어떻게 말입니까? 그 말이 사실이라는 것을 확인시켜 준다면 그렇게 하지요."

천녀의 말에 서슴없이 답했다.

나를 바라보는 천녀의 눈동자는 진실한 눈빛이 아니었다.

"깔깔깔! 마음에도 없는 소리를 쉽게 하다니. 예인이와 내가 아니었다면 당신은 이미 이 세상 사람이 아니야. 아니지, 예인이를 받아들였다면 내가 이 몸을 차지하지 못했을지도 모르니까, 감사하다고 해야 하나."

천녀는 내 감정과 평정심을 흔들어놓을 수 있는 말들을 연속해서 뱉어냈다.

"날 테스트하려고 부른 건가?"

천녀의 말에 참을 수 없는 화가 치밀어 올랐고, 순간적으로 말을 놓아버렸다.

"후후! 내 말에 화가 난 것 같으신데, 그랬다면 사과드리지요. 우린 앞으로 세상을 함께 다스려야 하니까."

내 말투가 바뀌자 천녀 또한 말투가 바뀌었다.

"이 세상을 다스리고 싶은 것이오?"

"물론이지, 내 의지대로 따르는 것이 세상에도 이로우니까. 표도르 강 회장께서도 러시아를 마음껏 주무르고 있으시니 말입니다."

"나에 대해 얼마나 아는지는 모르겠지만, 난 세상을 다스릴 생각은 없습니다. 단지 이 세상을 계급화하고 불합리하게 만드는 세력과 싸우기 위해서 어쩔 수 없이 선택한 길일 뿐이오."

예인의 모습을 하고 있지만, 대화를 나눌수록 전혀 다른 인물이라는 것이 확연히 느껴졌다.

"나 또한 서양 세력에 벗어나 새로운 중화 대국을 건설하기 위한 것입니다. 표도르 강 회장께서 러시아를 선택한 것처럼 나 또한 서양 세력과 맞서기 위해서 중국을 선택한 것뿐이지요. 그러고 보니, 우린 공통점이 많은 것 같습니다. 깔깔깔!"

천녀는 날 장기판의 졸처럼 가지고 놀려는 느낌이 들 정도로 노련한 모습을 보였다.

"중국을 손아귀에 넣을 수 있다고 생각하시는 것입니까?"

"안 될 것도 없지요. 이미 중국 지도부와 긴밀한 관계를 만들어놓았으니까요. 내가 그들이 가진 야망과 욕심을 조금만 흔들어놓아도 중국은 분열할 수 있지요."

"중국은 공산국가입니다. 일당독재국가가 가진 통제력은 쉽게 무너지지 않습니다. 더구나 공산당 내 파벌인 상하이방과 공청단, 그리고 태자당이 절묘한 삼각 구도로 권력을 나눠 가진 상황에서는 분열이 일어나기가 쉽지 않지요."

"깔깔깔! 이미 대부분의 권력은 상하이방으로 넘어갔습니다. 태자당과 공청단을 이끌던 주요 인물들이 언론에서 사라진 것을 모르지 않으실 텐데요."

"후계자가 정해진 것으로 알고 있습니다."

"그들 모두가 상하이방을 이끄는 장쩌민에게 충성을 맹세했습니다. 물론 그들의 겉모습은 그대로 공청단과 태자당에 속해 있지만 말입니다."

'태자당과 공청단의 속한 인물들의 신변에 변화가 생겼다
는 소식은 들었지만, 그들 모두 사고사나 병사로 보고되었는
데……'

"그들과 천도맹이 연관되었다는 말입니까?"

"하늘이 준 수명대로 살려면 상하이방을 이끄는 장 주석의
말을 따라야 하겠지요. 그렇지 않으면 쥐도 새도 모르게 세상
과 안녕을 고할 테니까요"

'천녀의 말대로라면 암살을 당했다는 말인데……'

"상하이방으로 권력의 축이 기울었다는 말로 들립니다."

"앞으로 중국은 상하이방이 주도할 것입니다. 내가 이런 중
요한 정보를 말해주는 것은 표도르 강 회장의 능력을 아주
높이 보고 있기 때문입니다. 우리 두 사람이 서로의 힘을 합
한다면 중국은 물론이고 서방 세력도 우리를 감당할 수 없을
것입니다."

"내가 만약 협조하지 않는다면 어떻게 하실 것입니까?"

"깔깔깔! 만약은 없습니다. 나에게 협력하지 않는다면 중국
에서의 사업은 물론, 오늘 이곳을 살아서 벗어날 수 없을 테
니까요."

천녀는 노골적인 위협을 서슴없이 했다.

"내가 죽는다면 마카오는 불바다가 될 것이오. 물론 천도맹

은 지구상에서 사라질 테고."

"깔깔깔! 아마 그렇게 되겠죠. 그러니까 우린 서로를 도와야 합니다. 서로가 적이 되면 우리 모두 공멸할 뿐입니다. 나와 손을 잡으면 중국에서의 사업은 날개를 달며 승승장구할 것입니다."

천녀는 채찍과 당근을 섞어가면서 나와의 협상에 임했다.

변화무쌍한 심리전을 펼친다는 것은 천녀가 만만치 않다는 증거였다.

"흠, 중국은 중요한 사업체와 거래처들이 있는 곳입니다. 앞으로 더욱 발전하는 중국을 포기할 수 없는 곳이지요."

중국에 진출한 블루오션과 도시락, 도시락마트, 닉스호텔, 닉스코아, 부란, 룩오일NY천연가스 등이 자리를 확고히 잡았다.

첨단 기술과 연관된 기업들의 진출은 최대한 억제했다.

"말씀대로 중국은 잠자는 용입니다. 서서히 잠에서 깨어난 용이 세상을 흔들어놓을 것입니다. 표도르 강 회장님께서도 공과 사는 가릴 줄 아시는 것 같습니다."

입가에 환한 미소를 짓고 있는 천녀는 내 반응에 만족하는 것 같았다.

그녀 앞에서 그다지 예인의 이야기를 꺼내지 않은 점도 분위기가 험악하게 변하지 않은 이유였다.

"천녀님과 함께한다면 언젠간 예인이를 만날 수도 있겠지요?"

"물론, 그런 날이 올 수도 있습니다. 저도 예인이에 대한 여러 가지 복잡스러운 감정을 가지고 있으니까요. 오늘과 같이 기쁜 날에는 축하를 해야 할 것입니다."

천녀는 내 말을 자신과 함께한다는 말로 해석했다.

입가에 아름다운 미소를 지은 천녀는 테이블에 놓인 수화기를 들었다.

"샴페인을 가지고 와."

"서로가 뒤통수를 치는 일은 없었으면 합니다."

"깔깔깔! 걱정하지 마세요. 오로지 제 파트너로 인정할 수 있는 사람은 이 세상에서 당신뿐이니까요."

천녀는 흰 이를 마음껏 드러내며 환하게 웃었다.

그 웃는 모습이 예인이와 똑같았다.

잠시 뒤 화린은 최고급 샴페인을 가지고서 방 안으로 들어왔다.

멋진 샴페인 잔에 담긴 황금빛 색깔 아래로 기포가 하나둘 올라오고 있었다.

"자! 건배하시죠. 오늘은 정말 역사적인 날이 될 것입니다. 앞으로 세상을 움직이는 권력의 축이 서양에서 동양으로 옮겨지는 날이 될 테니까요."

천녀는 샴페인 잔을 들면서 말했다.

"올바른 변화라면 저는 언제든지 환영합니다."

천녀의 기분을 맞춰주기 위해 샴페인 잔을 들며 말했다.

"우리가 만드는 것이 올바른 법이 될 것입니다."

천녀는 내 잔에 잔을 부닥치면서 말했다.

팅!

그러고는 그대로 샴페인을 입에 털어 넣었다.

나 또한 잔에 담긴 샴페인을 모두 마시고는 잔을 내려놓았다.

"더 들일까요?"

샴페인 병을 든 화린은 빈 잔을 보며 물었다.

"넌 이제 나가도 된다."

"예, 그럼."

화린은 살짝 내 눈치를 살피며 밖으로 나가기 위해 문 쪽으로 천천히 걸어갔다.

그때였다.

천녀의 몸이 순간 휘청하더니, 화린을 무섭게 노려보며 말했다.

"술에 뭘 탄 거……."

천녀는 말을 다 하지 못한 채 목이 뒤로 넘어가며 정신을 잃었다. 구소련 시절 KGB에서 개발한 약물을 더욱 개량한 강력한 수면제였다.

이 수면제는 무색무취로 코끼리도 잠을 재울 수 있는 특수 약물이었다.

천녀가 쓰러진 것을 확인한 화린은 방문을 걸어 잠갔다.

"저쪽 방에 침대가 있어요."

화린은 오른손으로 뒤쪽에 자리 잡은 방을 가리키며 말했다.

"30분 이내로 끝내야 합니다. 약물의 부작용이 발생하지 않으려면요."

난 쓰러진 천녀를 안고서 빠르게 안쪽 방으로 향했다.

강력한 수면제의 단점은 해독약을 30분 내로 먹어야 한다는 것이다. 그렇지 않으면 영원히 잠에서 깨어나지 않을 수도 있었다.

*   *   *

천부를 확인했던 파웅은 책의 내용을 전혀 알 수가 없었다.

천부를 필사한 책을 가지고 왔지만, 수수께끼와 같은 말들을 풀어낼 수 없었다.

그러는 와중 룩오일NY를 이끄는 표도르 강이 천녀를 만나러 온 것이다.

"무슨 이야기를 나누기 위해 표도르 강이 찾아온 것입니까?"

불만스러운 표정을 짓고 있는 홍무영에게 파웅이 물었다.

쳉의 몸에 기거하는 파웅은 쳉을 계속해서 잠재우고 있었다.

"러시아를 사실상 지배한다는 표도르 강을 이용하겠다고 하는데, 영 미덥지가 않습니다."

"중국에 이어 러시아도 차지하겠다는 것입니까?"

"그 속마음을 누가 알겠습니까. 세상을 새롭게 정화하기 위해서는 뭐든지 할 수 있는 분이 아닙니까."

"그렇지요. 한데, 표도르 강을 처리해야 나머지 돈을 받을 수 있는 것이 아닙니까?"

로스차일드가에서 2억 달러의 돈을 받았지만, 표도르 강을 제거하지 못하면 돌려줘야 하는 돈이었다.

"천녀가 제 말을 듣지 않습니다. 표도르 강을 죽이는 것보다 놈을 이용하는 것이 훨씬 더 값어치 있다고 생각하는 것 같습니다."

"러시아를 손에 넣은 놈이라면, 쉽게 우리의 말을 듣겠습니까?"

"그러니 두고 봐야겠지요. 천녀의 성격이 워낙 변화무쌍하지 않습니까. 마음이 바뀌어서 당장 표도르 강을 죽이라고 할지도 모르니까요."

"하긴, 천녀의 마음이 제멋대로 바뀐 것이 어제오늘이 아니니까요. 지금이라도 준비하고 있어야겠습니다."

"사실 오늘이 표도르 강을 처리하기에는 가장 좋은 날이긴 합니다."

"저는 언제든지 호법님을 돕는 손이 되어드리겠습니다."

"하하하! 파 장로님의 말씀은 언제나 제게 힘이 됩니다. 항상 준비하는 자에게 기회가 오는 것이지요."

홍무영의 말이 끝날 때쯤 천도맹의 인물이 다급하게 두 사람이 있는 회의실로 들어왔다.

"천녀님의 방에서 계속해서 비명이 들려오고 있습니다. 저희가 어찌해야 할지를 모르겠습니다."

비명 소리를 듣고 천녀에게 접근했던 경호원들이 죽임을 당했던 적이 여러 번이라 방문을 바로 열지 못했다.

"표도르 강도 함께 있는 것이냐?"

"예, 화린 님도 방 안에 계십니다."

사내의 말에 홍무영과 파웅은 서로를 쳐다보며 묘한 웃음을 지었다.

"가자! 천녀님의 신변에 이상이 생겼다면 표도르 강은 물론이고 함께 온 놈들을 모두 죽여야 한다."

홍무영과 파웅은 빠른 발걸음으로 천녀와 표도르 강이 있
는 방으로 향했다.

                    *   *   *

예인은 죽은 듯이 누워 있었지만 천녀의 인격체를 받아들
인 화린은 침대 바닥을 뒹굴며 비명을 질러대고 있었다.

"아악! 머리가… 살려……. 으아악!"
비명을 지른 화린의 몸이 자신의 의지와 상관없이 활처럼
휘어지면서 부풀어 올랐다.

화린의 몸 상태를 살피다 시계를 보았다.

손목시계는 정확히 30분을 향해 가고 있었다.

"늦지 않았어야 하는데……."

지갑에서 꺼낸 녹색 캡슐을 서둘러 예인의 입에 넣었다.

캡슐은 침에 닿자마자 녹으며 예인의 목구멍으로 흘러들어
갔다.

화린의 몸 상태가 예상하지 못했던 방식으로 변하고 있었
다.

천부에 적힌 방법대로 예인과 화린의 천령개를 양손으로 잡

고서 술법을 진행했다.

천부에 적힌 술법을 다 펼치고 나자 예인의 천령개에서 손이 뻘겋게 달아오를 정도의 뜨거운 기운이 오른손에 몰려들었고, 화린의 천령개에서는 얼음처럼 차가운 기운이 전해져왔다.

두 기운이 몸속에서 충돌할 때, 나도 모르게 비명을 지를 뻔했다.

천부에 기록된 영혼대환법을 펼칠 때는 절대 입으로 소리를 내서는 안 되었다.

소리를 내면 영혼이 다시 원래의 몸을 찾아 들어간다고 적혀 있었다

두 기운이 하나로 되었을 때 무언가 내 몸속으로 들어오는 느낌이 들었고, 너무나도 빠르게 그 느낌이 몸 밖으로 다시 빠져나가는 것이 느껴졌다.

그 순간 느꼈던 것은 슬픔과 한(恨), 그리고 분노로 가득한 감정이었다.

천녀는 한마디로 한(恨)의 결정체였다.

"화린 씨! 내 말이 들려요?"

예인에게 해독제를 먹인 후에 머리를 부여잡고 몸부림치는 화린의 몸 상태를 살폈다.

"아악! 머리가 터질 것 같아……."

고통스러운 비명을 내지르는 화린의 얼굴이 빨갛게 변하며 식은땀이 비 오듯이 쏟아져 내렸다.

　부풀어 오르던 몸은 다시금 제자리를 찾아갔지만, 화린의 입에서 고통에 가득 찬 비명 소리가 터져 나왔다.

Chapter 2

밖에서 기다리던 송 관장과 김만철 경호실장, 그리고 티토
브 정은 연달아 들려오는 갑작스러운 비명에 당황하기 시작했
다.

뒤쪽에 병풍처럼 서 있던 천도맹의 인물들도 비명 소리에
당황하기는 마찬가지였다.

하지만 그 누구도 방문을 열고 안으로 들어갈 생각을 하지
못했다.

"무슨 일이죠?"

"여자 비명 소리인 것 같은데… 혹시! 예인이가 잘못된 것이 아닐까?"

송 관장은 여자 비명 소리에 안절부절못하며 소파에서 일어났다.

"뭔가 잘못된 것 같습니다."

티토브 정도 주변의 천도맹 인물들의 움직임을 살피며 말했다.

"방 안으로 들어가야 하지 않겠어?"

송 관장이 앞으로 나가려고 하자 천도맹의 인물이 곧바로 권총을 꺼내 송 관장을 조준했다.

"자리에 앉으시오. 지금 호법님과 장로님이 오고 있으니까."

책임자로 보이는 인물이 송 관장을 향해 말했다.

주위에 있던 천도맹의 인물들도 총기를 모두 꺼내 들었다.

미니건과 권총으로 무장한 천도맹의 인물들은 룩오일NY 경호원들을 겨누었다.

룩오일NY 경호원들도 각자 소지하고 있던 무기를 꺼내 들었다.

일촉즉발(一觸卽發)의 위기였다.

누구 하나가 방아쇠를 당기는 순간 주변은 총탄으로 가득할 것이다.

넓지 않은 공간이었기에 겨누어진 총구에서 벗어나기가 쉽지 않았다.

"진정들 합시다. 지금 안에서 들려온 비명 소리를 확인하는 것이 우선이오."

김만철 경호실장이 주변을 향해 소리치듯 말했다.

"확인할 사람이 올 것이오. 자리에서 움직이지 않는다면 총을 내리겠소."

천도맹의 경호 책임자가 김만철 경호실장의 말에 대꾸하며 말했다.

"우선 총부터 치웁시다. 하나 둘 셋에 모두 총을 동시에 내려놓도록 합시다."

"좋습니다. 하나!"

"둘!"

"셋!"

덜컹!

총을 내려놓으려고 할 때 비명 소리가 들려왔던 방문이 열렸다.

문 앞에 서 있는 것은 붉은 머리로 변한 화린이었다.

"총을 모두 내려놓아라."

찐한 핏빛으로 물든 것 같은 붉은 머리카락을 휘날리는 화린의 목소리 또한 달라졌다.

"천… 천녀님이십니까?"

천녀를 경호하는 책임자가 떨리는 목소리로 물었다.

붉은 머리와 함께 눈까지 붉게 물들어 있는 화린의 모습에서 천녀의 느낌이 전해졌기 때문이다.

"하늘과 땅 아래에서 너희가 경배할 사람은 오로지 한 사람뿐이니라."

말을 마치자마자 화린의 붉은 머리가 하늘로 솟구쳤다.

바람도 없는 건물 안에서 벌어진 지금의 모습에 다들 놀란 표정으로 화린을 바라보았다.

"천녀님께 영광을!"

경비팀장이 무릎을 꿇자 천도맹의 인물들 모두가 앞다투어 무릎을 꿇었다.

그때였다.

때마침 도착한 천도맹의 호법인 홍무영과 장로인 파천이 천녀로 변한 화린을 바라보았다.

"너희는 날 보고도 경배를 하지 않는구나!"

두 사람을 꾸짖듯 말하는 화린의 목소리가 커다란 스피커에 달린 웅장한 우퍼음처럼 건물 안을 맴돌았다.

일반 사람의 목소리로는 도저히 흉내 낼 수 없는 소리였다.

"천녀님이 맞으십니까?"

홍무용은 지금의 상황이 믿어지지 않아 화린을 향해 물었다.

"내가 세상에 나온 목적은 이 세상의 질서와 이치로는 설명할 수 없느니라. 네가 지금 보고 있는 것을 보고도 믿지 않는다면 너흰 날 따를 자격이 없느니라!"

홍무영에게 분노하듯이 말하는 화린은 인간의 경지로는 도저히 볼 수 없는 빠름으로 홍무영의 앞까지 움직였다.

털썩!

그제야 홍무영의 무릎이 꺾이며 화린의 앞에 엎드렸다.

파웅 또한 압도적인 모습에 눌려 무릎을 꿇을 수밖에 없었다.

'도대체, 어떻게 된 일이지……'

"세상의 영광이 천녀님에게 영원히 비출 것입니다."

홍무영은 화린의 몸에서 뿜어져 나오는 압도적인 기운에 몸을 떨 수밖에 없었다.

천녀는 자신이 알던 이전보다도 더욱 강해진 모습이었다.

'영혼을 스스로 분리했단 말인가?'

"천녀님께 세세토록 영광이 비출 것입니다."

파웅의 머릿속에는 화린의 모습으로 나타난 천녀의 대한 의구심으로 가득했다.

만약 스스로 영혼을 분리했다면 천녀가 자신도 쳉의 몸에서 벗어날 수 있게 해줄 수 있다는 생각이 들었다.

천도맹의 인물들이 화린에게 경배할 때, 난 예인을 안고서 밖으로 나왔다.

예인은 어찌 된 영문인지 해독제를 먹고도 깨어나지 않았다.

"예인이가 어떻게 된 거야?"

송 관장은 다급하게 예인의 몸 상태를 살피며 물었다.

"깨어나지 못했습니다. 일단 병원으로 옮겨서 결과를 봐야 할 것 같습니다."

"어서 병원으로 옮기자고."

송 관장은 애가 탔다.

깊은 잠에 빠진 것처럼 보였지만 정신을 차리지 못하는 예인이 걱정될 뿐이었다.

예인을 안고서 앞으로 나아가려고 하자 천도맹의 인물들이 앞을 가로막았다.

"여기서 피를 보기 원한단 말인가? 우릴 보내주지 않으면 천도맹은 단 한 번도 겪지 못한 경험을 하게 될 것이다."

내 말에 경원들은 일제히 총기를 꺼내 들었고, 김만철 경호실장과 티토브 정도 각자 무기를 손에 쥐었다.

송 관장 또한 분노한 표정으로 잠재던 기운을 끌려 올렸다.

"길을 터주어라! 빈껍데기만 남은 육신을 가져가는 것뿐이니라."

화린의 목소리에 길을 막던 천도맹 인물들이 물러났다.

"예인을 찾았으니, 천도맹과는 아무런 감정이 없습니다."

화린에게 가볍게 인사를 하고는 그녀의 앞을 지나갈 때였다.

"우린 두 번 다시 만나면 안 될 것이오. 그때는 이러한 호의가 없을 테니까."

화린은 천녀의 힘을 받아들인 것에 크게 만족했다.

처음 영혼대환법을 시행할 때는 천녀의 인격체에 지배당하는 것이 아닌가 하는 염려도 있었지만, 그건 기우에 불과했다.

주체할 수 없을 정도로 넘쳐나는 기운은 자신이 그토록 바라던 절대 강자로의 길로 걸어갈 수 있게 해줄 것이다.

천도맹을 통해서 천녀가 하려던 일들을 새롭게 진행하면 될 뿐이었다.

＊   ＊   ＊

천도맹은 우리의 뒤를 쫓지 않았다.

밖에서 대기하던 코사크 타격대의 호위를 받으며 곧장 닉스호텔에서 가장 가까운 콘데 사오 종합병원으로 향했다.

여러 검사를 한 후에 예인을 한국으로 바로 후송할 생각이었다.

"너무 걱정하지 마십시오. 곧 깨어날 것입니다."

애처로운 눈으로 검사실로 들어가는 예인을 바라보는 송 관장에게 내가 할 수 있는 것은 아무것도 없었다.

"그럴 거야. 태수야, 네가 정말 고생이 많았다."

송 관장은 내 어깨를 어루만지며 말했다.

목숨을 걸고서 천도맹의 본거지에 들어간 것이나 마찬가지였다.

이런저런 이야기를 나눌 때 병원에 가인이가 도착했다.

"예인이는 어때?"

"검사를 받는 중이야."

"잘못된 것은 아니지?"

"아픈 곳은 없어. 아직 잠에서 깨어나질 못해서 그래."

"다행이네. 이제 깨어나기만 하면 되는 거잖아?"

"그래, 예인이의 몸에서 천녀도 떠났으니까."

가인에게 예인이가 깨어나지 못할 수도 있다는 말을 할 수가 없었다.

해독제 투여가 늦지는 않았지만, 상황은 알 수 없었다.

1시간 정도 검사가 이루어졌고, 3시간 후에 결과를 통보받았다.

신체적인 부분에서는 이상을 발견하지 못했지만, 예인이 깨어나지 못하는 이유에 대해서는 알 수 없다는 의견이었다.

그날 저녁 우리는 예인을 전용기에 태워 한국으로 향했다.
예인이가 돌아오고 싶어 했던 고향으로 말이다.

*　　　　　*　　　　　*

대망의 2000년 새해가 밝았다.

새로운 천 년을 맞이하는 사람들에게서는 지금보다 나은
희망이 싹트기를 바라고 있었다.

IMF 관리 체제에 들어갔던 한국은 빠르게 경제가 회복되고
있었다.

부실한 기업들이 퇴출당하거나 정리되었고, 금융권도 빠르
게 구조 조정이 이루어져 부실을 털어냈다.

급상승했던 환율도 안정을 되찾자 수출도 가파르게 상승세
를 타고 있었다.

이와 함께 정치권도 대폭적인 물갈이가 이루어졌다.

한일 해저터널을 성사시키기 위한 사과 박스 뇌물 사건으
로 불거진 정치권의 불법적인 모습은 국민들이 현실을 정확하
게 인식하고 똑바로 볼 수 있게 해주었다.

사과 박스와 연관된 민주한국당은 문을 닫아야 할 정도로
큰 피해를 입었고, 38명에 달하는 여야 국회의원들이 금고형
과 함께 300만 원 이상의 벌금형에 처하게 되어 국회의원 배

지를 달 수 없게 되었다.

여기에 두 명이 지병으로 국회의원직을 수행할 수 없게 되었다.

이러한 현실은 정계 개편을 이야기는 것으로 올해 40명의 의원을 새롭게 뽑는 대규모 보궐선거를 치르게 되었다.

국민들은 사과 박스 사건으로 정치에 대해 심한 피로감과 환멸감을 가지게 되었다.

정치권과 달리 경제는 확연한 회복세를 바탕으로 닉스홀딩스의 대약진이 국민들을 환호하게 만들었다.

반도체와 휴대폰은 물론 운동화와 패션, 제약, 유통, 식품, 에너지, 광물, 정유, 석유화학, 커피, 엔터테인먼트 사업에서 전세계 상위 10위 안에 모두 들어간 것이다.

더구나 반도체 관련 사업과 휴대폰, 운동화, 광물, 커피, 패션 사업은 압도적인 1위였다.

닉스홀딩스가 차지하는 수출 비중이 작년 한국 전체 수출액인 1,548억 달러의 31%를 차지했고, 수출액은 489억 8천만 달러라는 놀라운 수치를 기록했다.

정부가 목표로 했던 250억 달러 흑자를 뛰어넘은 364억 달러의 흑자를 기록할 수 있었던 것도 닉스홀딩스 덕분이었다.

기업 대부분이 달러와 엔화 상승으로 인한 밀어내기식 수출을 지향했지만, 닉스홀딩스 계열사들은 모두 제값을 받고서 물건을 해외에 팔았다.

그만큼 생산한 제품과 디자인이 뛰어났고, 시장 경쟁에서 앞서 나가고 있었기 때문이다.

"주식 정리 작업은 잘 진행되고 있겠지?"

"2월 초에 모두 마무리될 예정입니다."

소빈서울뱅크의 그레고리의 말이었다.

소빈뱅크는 그동안 사두었던 인터넷과 통신 관련 주식들을 대거 처분하고 있었다.

이미 소빈뱅크가 투자했던 나눔기술과 소프트뱅크를 비롯한 미국의 야후와 아마존, 마이크로소프트, 라이코스, 부닷컴, 아메리카온라인(AOL), 애플 등의 주식들을 팔고 있었다.

"주가 상승률이 저희가 예상했던 것보다 더 높아져 수익이 3,500억 달러를 넘어설 것 같습니다."

소빈베어스턴스의 존 스콜로프의 말이었다.

새천년의 희망처럼 닷컴 기업들의 주가는 해가 바뀌어도 변함없이 상승세를 타고 있었다.

전 세계를 두려움으로 몰고 갔던 밀레니엄 버그(Y2K)도 큰 문제 없이 지나가자 닷컴 기업들의 주가에 더 긍정적인 신호로 받아들여졌다.

Y2K는 컴퓨터가 2000년 이후의 연도를 제대로 인식하지

못하는 결함을 말한다.

"3천5백억 달러라. 정말 놀라운 숫자야."

한화로 450조 원에 달라는 막대한 금액이다.

한국의 작년 전체 수출 금액이 1,548억 달러였다. 다시 말해 한국이 2년 반을 수출해야 하는 금액이다.

닉스홀딩스도 7년 이상을 벌어들여야 하는 엄청난 금액이었다.

*   *   *

닉스홀딩스와 소빈뱅크는 보유하고 있는 인터넷과 정보통신 기업들의 주식을 두 가지 형태로 처분했다.

지분을 관련 회사에 넘기는 방법과 함께 주식 시장에도 내다 팔았다.

IT 관련 기업들의 주가는 해가 바뀌어도 꺾일 기세가 보이지 않았다.

언론들도 연일 장밋빛 미래에 대한 청사진을 그리는 기사들을 내보냈다.

닉스홀딩스와 소빈뱅크에서 내다 파는 인터넷과 정보 통신 주식들은 시장에 나오자마자 게 눈 감추듯이 순식간에 사라졌다.

닉스홀딩스와 소빈뱅크에서 주식을 매입한 회사와 주체들은 두 회사가 판단이 흐려졌다는 말을 공공연히 했다.

그러한 말들에 상관없이 닉스홀딩스와 소빈뱅크는 계속해서 관련 주식들을 팔았다.

이와 함께 소위 굴뚝주 불리는 기업들과 저평가 가치주들을 매입해 나갔다.

시장과 반대되는 형태를 취하는 소빈뱅크의 행동에 동참하는 사람은 오마하의 현인이라고 불리는 워런 버핏뿐이었다.

미국 야후가 발표한 놀라운 실적과 매출은 시장을 더욱 뜨겁게 달구고 있었다.

한국을 대표하는 닷컴 기업의 대표 주자로 떠오른 나눔기술과 다음커뮤니케이션의 주식도 연일 뜨겁게 신고가를 경신했다.

이와 함께 소빈뱅크가 소유한 소빈타이거펀드는 SK텔레콤 주식 9.7%에 해당하는 80만 주를 주당 130만 원을 받고 SK상사와 SK주식회사에 넘겼다.

SK텔레콤 지분 매입 가격은 1조 4백억 원이었다.

이 거래를 통해 소빈타이거펀드는 SK텔레콤의 지분이 4%로 줄었고, 나머지 지분도 매각을 진행 중이었다.

소빈타이거펀드 SK텔레콤 지분을 통해서 12배에 달하는 놀라운 이익을 얻었다.

나눔기술의 주가는 1월 4일, 25만7천 원을 돌파했다.

액면가 500원인 나눔기술의 주가를 5,000원 기준으로 보면 257만 원이 된 것이다.

상장된 지 5개월 채 못돼 무려 500배의 놀라운 상승률을 기록한 것이다.

현재 나눔기술이 주가가 조금은 내려간 상태지만, 2조 6천 억 원의 시가총액은 재계 6위로 올라선 한진그룹의 8개 상장 사의 시가총액보다 4천억 원이나 더 많았다.

"미국 다이얼패드닷컴의 가입자가 165만 명을 넘어섰습니다. 국내 다이얼패드의 서비스도 다음 주에 시작할 예정입니다."

나눔기술의 대표로 올라선 박성호가 자신감 넘치는 어투로 말했다.

나눔기술의 미국 내 자회사인 다이얼패드닷컴은 미국 통신 업체인 GTE와 손잡고 현지 무료 인터넷 전화 서비스를 시작 한 것은 작년 10월 19일이었다.

3개월이 채 안 된 시점에서 165만 명의 가입자를 확보한 세 계 최대의 인터넷 폰 회사로 올라선 것이다.

"이제 시작이야. 200만 명 돌파는 시간문제야. 광고 계약은

200만 명 돌파 시점에 추진해도 늦지 않아."

다이얼패드닷컴은 현재 미국 제휴 통신 회사인 GTE에게 분당 3센트의 통화료를 지급하는 계약을 체결했다.

미국 현지에서 서비스되는 다이얼패드를 사용할 때 30초당한 개의 광고가 들어가게 되어 있어, 3분간 통화할 경우 여섯개의 광고가 들어간다.

이때 광고 한 개에 1.5센트 이상의 광고료를 받는다면 통화료를 부담하고도 수익을 올릴 수 있었다.

이 정도 단가로 광고를 유치하는 데는 큰 어려움이 없으리라는 것이 나눔기술의 계산이었다.

"여러 회사에서 광고 의뢰가 들어오고 있습니다. 아직 저희의 요구 금액에 맞추는 회사는 몇 군데뿐입니다."

나눔기술의 영업이사인 이종래의 말이었다.

"가입자 수가 늘어나면 모든 문제가 해결돼. 굳이 이 시점에서 낮은 단가로 광고 계약을 맺을 필요가 없어."

"맞는 말씀입니다. 지금 추세대로라면 3월 정도면 250만 명은 너끈히 넘을 수 있습니다. 가입자가 늘어나고 통화량이 많아질수록 GTE에서 통화료 단가를 싸게 해주기로 했으니까, 3월이 지나면 손익분기점에 도달할 것입니다."

나눔기술의 박성호 대표의 말처럼 가입자는 예상했던 대로 빠르게 늘고 있었다.

가입자가 늘어나자 국내외에서 사업 제휴와 투자 제안도 많은 곳에서 들어오고 있었다.

"증권사 애널리스트(투자분석가)들도 관리 좀 해야 할 것 같아. 중요한 시기에 부정적인 이야기들이 나오고 있으니 말이야."

이중호 회장의 말처럼 몇몇 증권사의 애널리스트는 다이얼패드닷컴 가입자의 상당수가 소비액이 적은 대학생들이라는 점을 우려했다.

소비액이 큰 30대와 40대 고객을 끌어들이지 못하면 다이얼패드닷컴의 광고 프로모션에는 한계가 있을 수밖에 없다는 말이다.

이와 함께 다이얼패드는 비즈니스용으로는 메리트가 적다는 분석이었다.

직장에서 회사 전화를 공짜로 있는데, 굳이 인터넷으로 들어가서 음질도 떨어지는 전화를 쓰려고 하겠냐는 문제였다.

타당성 있는 문제였고, 현재 인터넷 전화가 가지고 있는 한계성이기도 했다.

더구나 아직은 초고속 인터넷의 보급이 전반적으로 이루어지지 않아, 현재 가정에서 사용하는 PC의 90% 정도가 전화 모뎀으로 인터넷과 접속했다.

이것은 곧 초고속 인터넷이 아닌 모뎀으로 다이얼패드를

사용하면 이용자가 통화료를 부담해야 하는 문제로 이어졌다.

"예, 부정적인 의견을 낸 애널리스트의 명단이 정리되는 대로 개별 접촉을 할 생각입니다."

이종래 영업이사가 대답했다.

"가입자가 모두 대학생이라고 해도 그 숫자가 200~300만 명에 도달하면 이들을 대상으로 하는 타깃 광고를 해도 충분합니다."

회의에 함께 참석한 정용수 비서실장의 말이었다.

"맞는 말입니다. 결국, 가입자가 모든 걸 말해줄 것입니다. 국내 서비스가 들어가면 부정적인 견해는 더 줄어들 것입니다. 미국의 넷투폰의 가입자가 40만 명 정도밖에 안 됩니다. 그런데도 시가총액이 25억 달러에 이릅니다. 조만간 200만 명이 될 다이얼패드닷컴은 어떻겠습니까?"

넷투폰은 미국의 유료 인터넷 폰 회사였다.

시장에서는 200만 명 가입자가 되는 시점을 가정할 때 다이얼패드닷컴의 시가총액은 최소 35~50억 달러로 추정했다.

다이얼패드닷컴은 나눔기술이 65%의 지분을 가지고 있었다.

"시장가치는 가입자가 늘어날수록 커질 것입니다. 10월에 다이얼패드닷컴을 낙스닥에 상장하면 나눔기술의 주가는 회장님의 말씀처럼 주당 1천만 원이 될 것입니다."

박성호 대표의 말처럼 나눔기술은 다이얼패드닷컴의 나스닥 상장을 기정사실로 받아들이고 있었다.

다이얼패드닷컴의 나스닥 상장이 성공적으로 이루어지면 65%의 지분을 가진 나눔기술의 주가는 공공행진을 할 것은 당연한 일이었다.

"하하하! 내가 예언 하나 하지. 여기 있는 사람들은 대한민국에서 가장 비싼 주식이 될 나눔기술을 20주만 팔아도 지금 받는 연봉보다 더 많은 금액을 가져갈 거야."

박성호 대표의 말에 기분이 좋았는지 이중호는 큰 소리로 웃으며 말했다.

"하하하! 정말이지 그때는 회장님께 큰절이라도 올려야겠습니다."

"하하하! 전 지금이라도 올릴 수 있습니다."

회의실에 모인 사람들 모두가 이중호 회장의 말에 즐거운 웃음을 터뜨렸다.

이중호 회장의 말이 결코 허황된 말이 아니라는 것을 잘 알고 있기 때문이다.

Chapter 3

 "나눔기술의 미국의 자회사인 다이얼패드닷컴의 가입자가
170만 명을 넘어섰다고 합니다. 10월에 나스닥에 직상장할 것
이라고 발표했습니다."

 김동진 비서실장의 보고였다.

 "후후! 아직은 실컷 기분을 내도록 놔두면 됩니다."

 "하지만 다이얼패드닷컴의 성장세가 예사롭지는 않은 것 같
습니다. 현지에서도 시가총액을 35억 달러 이상으로 보는 것
같습니다."

 소빈서울뱅크의 그레고리 은행장의 말이었다.

"다들 겉으로 보이는 숫자로만 생각해서 그래. 다이얼패드 닷컴이 가지고 있는 기술은 그리 특별한 것이 아니야."

다이얼패드닷컴이 진행하고 있는 인터넷 폰 시장의 기술적 진입 장벽이 낮았고, 독자적인 기술이 아니었다.

인터넷 폰 서비스는 미국에만도 넷투폰, 폰프리, 핫콜러, 프리넷폰 등 10여 개 업체가 운영 중이다.

나눔기술이 다이얼패드에 적용한 인터넷 전화(VoIP)는 나눔 기술의 독자적인 기술이 아니라 이미 공개된 국제표준 기술이다.

다만 나눔기술은 여기에다 적은 수의 서버로 통화 트래픽을 분산시킬 수 있는 스플릿 H.323이라는 자체 기술을 결합하고, 과감하게 무료 서비스를 단행함으로써 인터넷 전화 시장의 선점을 노렸다.

이러한 전략이 시장에 어느 정도 통했던 것뿐이다.

다이얼패드닷컴에 대항하기 위해 유료로 인터넷 폰 서비스를 해온 넷투폰과 폰프리가 무료화 방안을 검토하고 있었다.

"나눔기술의 국내 사업자 파트너가 한국통신에서 하나로통신으로 바뀌었다고 합니다."

다이얼패드에 고속 인터넷망을 제공하는 파트너로 하나로통신이 선택된 것이다.

나눔기술은 다이얼패드 서비스를 위해 먼저 한국통신과 접촉을 했다. 하지만 서로의 조건과 견해 차이로 협상이 원만하게 이루어지지 않았다.

서비스 개통이 시급했던 나눔기술은 할 수 없이 하나로통신과 제휴했다.

"하나로통신에는 전화망이 없는 것이 문제입니다. 더구나 유무선 전화망을 가지고 있는 한국통신은 인터넷 폰 사업자를 자신의 밥그릇에 숟가락을 얹으려는 경쟁자로 보지, 제휴 대상이라고 생각하지 않았을 것입니다."

한국은 미국과 달리 한국통신과 SK텔레콤이 유무선 전화망을 독점하고 있었다.

미국은 다수의 통신 업체들이 경쟁을 벌이고 있어, 한국처럼 전체 시장을 독점할 만한 사업체가 없기 때문에 통신사업자와 인터넷 폰 사업자 간의 제휴가 순조로웠다.

"예, 말씀대로 나눔기술은 전화회선 이용료를 별도로 제공해야 하는 부담이 생겼습니다. 다이얼패드 가입자 10만 명이 1년간 다이얼패드를 이용할 경우, 한국통신에 지급해야 하는 전화회선 이용료만 80억 원 이상이 된다고 합니다."

김동진 비서실장의 말처럼 전화회선 이용료는 고정비용으로 지출되어야 하는 비용이다.

무료 전화 서비스를 추구는 나눔기술이 이 비용 증가를 어떻게 감당할 수 있을지도 의문이었다.

경기 여파에 따른 광고 감소로 인한 다이얼패드 광고 수익의 감소에도 고정비용은 나가야 한다.

"여기에 또 미국의 GTE처럼 통화량 증가에 따른 통화료 단가 인하를 받을 수 없다는 점도 문제점이 될 수 있습니다."

제휴사인 하나로통신이 남의 전화회선을 빌려야 한다는 것은 나눔기술의 잘못된 선택이었다.

"예, 그 때문에도 나눔기술이 미국 다이얼패드닷컴에 전적으로 매달리는 것 같습니다."

"앞으로 2개월 후면 나눔기술은 갈림길에 설 것입니다. 물론 나눔기술에 목을 매고 있는 대산그룹도 마찬가지이고요. 우리가 대산그룹에서 인수할 기업은 방산 기업입니다."

나는 대산그룹이 분해될 수밖에 없다는 것을 단정적으로 말했다.

이대수 회장의 구속으로 갈림길에 섰던 대산그룹은 가지고 있던 마지막 현금을 나눔기술에 쏟아부었다.

만약 앞으로 발생할 닷컴 버블이 꺼지지 않았다면 대산그룹의 선택은 성공했을 것이다.

"예, 준비해 놓겠습니다."

김동진 비서실장은 내가 해왔던 말들이 어떤 식으로 이루어져 왔는지 잘 알고 있는 측근 중의 하나였다.

일찌감치 내 지시로 인터넷과 정보 통신 기업들에 투자한 결과물들이 열매로 맺어져 닉스홀딩스에 막대한 이익을 주고 있었기 때문이다.

*   *   *

닉스병원에 입원하여 집중 치료를 받고 있는 예인은 아직 깨어나지 못하고 있었다.

닉스병원의 최첨단 의학 장비들로 정밀 검사를 진행했지만 깨어나지 못하는 원인을 찾지 못했다.

국내외로 최고 권위를 가진 의사들을 초빙하여 예인의 상태를 살피게 했지만, 그들도 정확한 원인에 대해 이야기하지 못했다.

가인은 회사에 장기 휴가계를 내고 매일 예인이가 있는 닉스병원으로 출퇴근하다시피 했다.

"왜 깨어나지 못하는 거니?"

가인은 평화로운 얼굴로 깊이 잠들어 있는 예인이의 얼굴을 쓰다듬으며 말했다.

예인의 몸 상태는 모두 정상이었다. 단지 깨어나질 못할 뿐이었다.

"걱정하지 마, 깨어날 거야."

"어! 왔어."

가인은 내가 왔는지도 모른 채 예인이에게 온 신경을 쓰고 있었다.

"저녁은 먹었어?"

"아직."

"환자보다 보호자가 더 건강에 신경을 써야 해. 그래야 환자도 건강한 기운을 받는 거야. 어서 저녁 먹으러 가자."

"예인이는?"

"이제 예인이는 어디에도 가지 않아. 예인이에게 영향력을 주었던 천녀가 사라졌으니까."

"고마워."

가인은 내 말에 고개를 끄떡이며 말했다.

"뭘?"

"모두 다. 오빠가 옆에 없었다면 예인이나 나나 참 불행했을 거야."

"별말을 다 한다. 앞으로는 즐거운 일만 있을 거야. 이렇게 힘든 액땜을 겪었잖아."

액땜이라고 말할 수 없을 정도의 큰 시련이었다.

"그렇긴 해."

"밥 먹고 힘내서, 열심히 간호하다 보면 예인이는 깨어나."

"알았어. 오빠 말처럼 열심히 간호할게."

가인은 내 말에 환하게 미소 지으며 말했다.

가인은 예인이가 옆에 있다는 것만으로도 큰 안심이 되는 모습이었다.

나 또한 예인이가 하루빨리 일어나 예전처럼 함께 영화도 보고 여행도 다녔으면 하는 마음이 간절했다.

병실을 나서기 전, 뒤돌아본 예인의 얼굴은 이전처럼 온화하고 평화스러운 모습으로 돌아와 있었다.

당장에라도 벌떡 일어나 '뭐 먹을 건데?' 하고 달려올 것처럼.

*　　　　*　　　　*

오랜만에 북한산 인수봉에 올랐다.

새천년이 시작된 지도 보름이 지난 시점이었다.

보름 동안 닉스홀딩스 산하 계열사들을 돌아보았고, 각 사업장들이 진행하는 새로운 사업들을 점검했다.

올해는 닉스홀딩스가 더욱 발전하고 사세를 확장하는 한 해로 삼을 계획이다.

이미 한국을 벗어나 세계로 나가고 있는 계열사들은 하나의 회사가 국내 대기업의 매출을 넘어섰다.

닉스코어는 인도와 중국의 광물 수요가 가파르게 늘어나자 막대한 이익을 내고 있었다.

광물을 채굴하는 나라마다 닉스코어 전용 항구와 창고 그리고 광물 수송선을 두고 있었기에, 전 세계 어디라도 광산에서 채굴된 광물을 원하는 시간 안에 보낼 수 있었다.

더구나 1차 광물만 아니라 현지 국가에서 제련된 2차 광물 생산도 이루어졌기 때문에, 세계 광물 시장에서 닉스코어가 차지하는 비중은 해가 바뀔수록 점유율이 늘어났다.

반도체와 통신, 전자 부품 그리고 자동차에 들어가는 첨단 소재 광물을 채굴하는 광산들을 일찌감치 선점한 닉스코어는 새로운 광산 개발에도 투자를 아끼지 않았다.

세계의 공장으로 불리는 중국과 새롭게 부상하는 인도는 물론이고, 점차 외환 위기에서 벗어나고 있는 아시아 국가들에의 수요가 점차 회복세를 보이자 닉스코어의 이익도 비례해서 늘어나고 있었다.

"DR콩고에 대규모 코발트 광산이 새롭게 발견되었습니다. 그리고 인도네시아에서도 양질의 니켈 광산을 발견했습니다."

닉스코어를 이끄는 대니얼 강 대표의 보고였다.

"비철금속의 국제시세에 맞춰서 발표 시기를 결정하십시오."

대규모 매장량을 자랑하는 광산의 발견은 관련 광물의 국제 시세에 영향을 끼쳤다.

닉스코어와 룩오일NY Inc는 국제 광물 시장을 조정할 정도로 큰 영향력을 행사하고 있었다.

"예, 시기에 맞춰서 발표하겠습니다. 그리고 앙골라에서 회장님의 방문을 다시 한번 요청해 왔습니다."

앙골라의 도스 산토스 대통령은 작년에도 나를 앙골라에 초청했지만, 일정이 맞지 않아 방문하지 못했다.

앙골라는 1975년 독립 때부터 앙골라를 통치해 온 앙골라해방인민운동(MPLA)과 앙골라완전독립민족동맹(UNITA)과의 내전이 종식되었다.

앙골라는 한때 반군 세력을 이끄는 로랑 카빌라를 지원하기 위해서 DR콩고를 침공했지만, 코사크에 의해서 격퇴당했었다.

"앙골라가 경쟁국인 DR콩고의 발전에 확실히 자극을 받은 것 같습니다."

DR콩고는 올 한 해 아프리카 국가 중 가장 높은 경쟁 성장률을 기록했다.

아프리카의 경제를 이끄는 남아프리카공화국이나 나이지리아보다도 앞선 경제 성장률에 아프리카 국가들은 물론 서방 국가들도 놀라움을 감추지 못했다.

"예, 빈곤 국가 순위에서 서로 엎치락뒤치락했던 나라가 너무나 달라진 모습에 앙골라가 큰 충격을 받은 것 같습니다."

DR콩고는 인프라 시설과 교통, 교육, 병원 시스템이 확연히 달라졌다.

이와 함께 국민들의 1인당 GDP와 생활수준도 주변 국가들보다 월등히 높아졌다.

"DR콩고는 아프리카의 중심 국가가 될 것입니다. 중앙아프리카 협력국에 포함된 르완다와 부룬디, 우간다, 탄자니아, 잠비아, 콩고공화국도 DR콩고만큼은 아니지만, 확실히 변화하고 있습니다."

DR콩고와 국경을 접해 있는 르완다와 부룬디도 룩오일NY와 닉스홀딩스의 지원을 통해서 학교와 시장과 함께 도로, 철도, 전기, 상하수도 등 인프라 시설을 갖추자 나라 자체가 달라지기 시작했다.

철저한 교육을 바탕으로 건설된 시설을 활용할 수 있는 방법과 생활수준을 높일 수 있는 기술 교육을 함께 시행했다.

르완다와 부룬디에서 생산된 농수산물은 제값을 받고서 주변 국가에 공급되고 수출되었다.

"회장님의 말씀대로 DR콩코가 모델이 되자 주변국들이 확연히 달라지고 있습니다. 우린 할 수 없다는 패배 의식에서 깨어나, 우리도 할 수 있다는 자신감을 불어넣었습니다. 이 모든 것이 회장님의 헌신과 투자가 이루어낸 결과입니다."

대니얼 강 대표의 말처럼 나는 DR콩고의 영웅이었다.

억압받던 부족들을 용병들에게서 해방시켰고, 도저히 끝날 것 같지 않던 지루한 내전 또한 종식시켰다.

더 나아가 DR콩고의 경제가 다시금 일어날 수 있도록 해주었다.

"하나를 주고 열 개를 가져갔던 서방 국가들과 다르다는 것만 보여주어도 아프리카 국가들은 달라질 수 있습니다. 우린 하나를 주고 하나보다는 좀 더 이익을 붙여서 거래하면 됩니다. 그것만으로도 독점적 지위를 가졌기 때문에 큰 이익이 될 수 있는 것입니다."

"무슨 말씀인지 알겠습니다. 우호적인 협력 관계를 통해 닉스코어가 더욱 발전할 수 있도록 노력하겠습니다."

"북한과의 협력은 어떻습니까?"

"직통탄광과 무산광산에서 생산된 석탄과 철광석을 닉스제철에 공급하고 있습니다. 구리는 혜산광산에서 닉스제련에 납품하고 있습니다."

북한에서 생산되는 석탄과 철광석의 품질은 세계적이었다.

혜산광산에서 생산되는 구리는 북한 구리 생산에 80% 이상을 차지하고 있다.

신의주특별행정구에 공급이 이루어지지 않았다면 철광석이나 구리정광은 중국으로 값싼 가격에 넘어갔을 것이다.

"북한에서 직접 공급받으면 물류비용이 절감되기 때문에 상당한 경쟁력이 생길 것입니다. 계열사 간의 협력이 중요한 때입니다."

닉스코어에서 관리하는 러시아와 호주 광산에서 생산되는 철광석은 대부분 중국, 일본, 한국으로 수출되었다.

중국이 호주의 철광석 광산들을 사들이기 전에 닉스코어가 일찌감치 선점했다.

중국 정부의 주도하에 제철, 조선, 건설, 교통 인프라 투자가 대규모로 이루어지자 철광석은 물론 철에 대한 중국 내 수요가 엄청났다.

"예, 닉스홀딩스 계열사 간의 협력이 유기적으로 잘 돌아가고 있습니다."

김동진 비서실장의 말이었다.

닉스홀딩스는 계열사 간의 협력 및 업무 효율을 높이는 방법들을 지속적으로 연구하고 실행하고 있었다.

닉스홀딩스 지식센터를 개설하여 각 계열사 직원들이 가진 아이디어와 회사에 대한 의견 개진을 누구라도 할 수 있게 해주었다.

지식센터에서 채택된 사항들은 곧바로 시행되었고, 의견을 제시한 직원에 대해서는 포상금과 승진 혜택을 줬다.

"앞으로 또다시 세계 경제는 닷컴 버블로 인해서 출렁거릴 것입니다. 우린 이에 대한 준비를 철저히 해야 합니다. NS코리아의 준비는 잘되어가고 있습니까?"

자리에 함께한 NS코리아의 루이스 정 대표에게 물었다.

"예, 소빈뱅크에서 지원받은 100억 달러로 인수할 특허들을 선별하고 있습니다."

루이스 정의 말처럼 NS코리아는 닷컴 버블 붕괴로 파산하게 되는 IT 기업들의 특허를 사들일 준비를 하고 있었다.

특허를 수익 창출의 수단으로 사용하는 NPE(NON-Practicing Entity), 즉 비제조 특허 전문 회사를 준비하는 것이다.

NPE는 일반 기업과 달리 기술개발이나 생산 그리고 판매 활동 없이 특허권만을 가지고 수익을 창출하는 특허 전문 회사다.

대표적인 특허 괴물로 통했던 유니록(Uniloc)은 자신들이 보유한 특허권을 통해서 전 세계 IT 기업들에게 특허 침해 소송을 통해서 수천만 달러에서 많게는 수억 달러의 특허비를 받아 챙겼다.

때문에 NS코리아는 사전에 유니록의 탄생을 방지하고, 닉스홀딩스 계열사들의 특허를 더욱 보호하기 위한 선제 조치를 취하고 있었다.

"미래는 지식재산의 중요성이 더욱 강조되는 시대가 될 것입니다. 돈에 구애받지 말고서 움직이시기 바랍니다."

"알겠습니다. 정말이지 회장님의 세상에서 제일 무서운 분이십니다."

"제가요?"

루이스 정의 말에 되물었다.

"예, 다들 축제의 잔을 높이 들고 있을 때, 회장님께서는 그들이 누울 관을 준비하고 계시니까요."

"하하하! 누가 들으면 제가 저승사자인 줄 알겠습니다."

루이스 정의 말에 크게 웃음이 터졌다. 어쩌면 그녀의 말이 틀린 것은 아니었다.

하루가 다르게 폭등세를 이어가고 있는 미국의 나스닥과 한국의 코스닥 취해 있는 사람들은 샴페인을 일찌감치 터뜨렸다.

이러한 일은 두 나라만의 일이 아니라 일본과 유럽도 마찬가지였다.

Chapter 4

　대산그룹을 이끄는 이중호는 웨딩드레스를 입고 아름다운
모습의 한수연을 행복한 눈길로 바라보았다.

　"이야! 정말이지 너무 예뻐. 뭘 입어도 예뻤지만, 지금 모습
은 내가 본 수연이 모습 중에서 최고야."
　"입에 침은 닦고 말해. 정말 예뻐?"
　한수연도 이중호의 말이 듣기 좋은지 얼굴에 미소가 가득
했다.
　"예쁘지 않으면 내가 결혼하고 싶겠어?"

"예쁜 마누라 얻었으니까, 앞으로 잘해."

"예! 지금보다 딱 열 배만 잘하겠습니다."

"지금처럼 변함없으면 돼. 이 웨딩드레스가 제일 나은 것 같지?"

"내가 볼 때도 이게 제일 예쁘다."

"그럼, 이걸로 결정하자. 옷 갈아입고 나올게."

한수연은 전면 거울에 비친 자신의 모습을 다시 한번 살핀 후에 옷을 갈아입기 위해 탈의실로 들어갔다.

이중호와 한수연은 5월에 결혼식을 올리기로 했다.

두 사람 다 아버지가 구속된 상황이었지만, 결혼식을 미룰 수 없다는 이중호의 완강한 주장을 한수연이 받아들였다.

이대수 회장과 한종태 전 의원이 재판이 끝나고 수감 생활을 마치려면 5년 이상을 기다려야 했기 때문이다.

아주 가까운 지인들만 초대하는 비공개 결혼식을 올리기로 했다.

"뭐 먹을래?"

이중호가 새롭게 장만한 람보르기니에 올라탄 한수연에게 물었다.

"오늘따라 고기가 땡기는데."

"그럼, 닉스하얏트로 가자. 거기 스테이크가 일품이잖아."

"그게 좋겠네. 여기서도 가깝잖아."

"좋아, 오늘 같은 날은 와인 한잔해야지?"

"많이는 말고. 딱 한 병이야."

"오케이! 출발합니다."

람보르기니 특유의 소음을 내자 거리는 지나는 사람들은 일제히 부러운 시선으로 람보르기니로 향했다.

서서히 회복되고 있는 경제 상황에서도 2억 5천만 원 상당의 스포츠카를 운전하는 사람은 흔치 않았기 때문이다.

＊   ＊   ＊

병원에만 있으려고 하는 가인을 데리고 저녁을 먹기 위해 닉스하얏트를 찾았다.

예인이가 한국에 도착하자마자 함께 병원부터 달려갔던 가인이었다.

"오래간만에 오붓하게 식사하게 되었네."

"병원에서 먹어도 되는데."

"병원 밥은 아무리 맛있어도 병원 밥이야. 사람이 맛있는 것도 먹으면서 병간호를 해야 힘을 낼 수 있는 거야."

"알겠어. 오늘 아주 많이 먹을 테니까, 돈 좀 쓰셔야 할걸."

가인은 내 말에 팔짱을 끼며 말했다.

"그럴 줄 알고 돈 좀 찾아 왔지."

우리 두 사람이 닉스하얏트에 도착하자 호텔 입구부터 총지배인과 호텔 관계자들이 나와 있었다.

"간단하게 식사만 하고 갈 거니까. 신경 쓰지 않으셔도 됩니다."

"예, 말씀대로 하겠습니다."

총지배인은 내 말에 따르겠다고 말했지만, 행동은 그렇지 않았다.

우리 두 사람이 식사할 식당에 연락을 취해 모든 준비를 철저히 갖추라고 말했다.

닉스홀딩스 회장이 갖는 권위와 위치가 사람들을 움직이게 만들었다.

남산을 한눈에 살필 수 있는 식당에 들어설 때 창가에 앉아 있는 이중호가 눈에 들어왔다.

호텔 직원들의 과잉 친절을 받으며 들어오는 나와 가인을 이중호도 발견했다.

"오랜만입니다."

이중호에게 인사를 먼저 건넸다.

"태수야?"

그때 이중호의 앞에 앉은 한수연이 내 이름을 불렀다.

"어! 수연아. 정말, 오랜만이다."

한수연과는 대학 시절부터 많은 관계를 맺어왔다.

"안녕하세요, 선배님."

서울대를 나온 가인도 이중호와 한수연을 알고 있었다.

"가인이도 왔구나. 저녁 먹으러 온 거야?"

한수연은 반가운 표정으로 물었다.

"예, 저녁 먹자고 해서요."

"함께 식사할래? 우리도 조금 전에 왔어."

"괜찮으시겠습니까?"

난 이중호를 보며 물었다.

"오래간만에 보는 선후배의 만남인데. 앉으세요, 강 회장님."

이중호도 밝은 표정으로 말했다.

"괜찮지?"

난 가인을 보며 물었다.

"물론이지. 선배님들 만나보기도 힘든데."

"어떻게 지냈어?"

한수연은 이중호의 옆자리로 가며 물었다.

"옆에 계신 이 선배님처럼 지냈지. 사업하는 사람은 크게 다르지 않아."

"하긴, 무척 바쁘다는 소리는 들었어."

"우리 강 회장께서는 한국에서, 아니지 전 세계에서 가장 바쁜 사람 중에 하나야."

"편하게 부르십시오. 오늘은 동문 선후배의 자리이니까요."

"그럴까? 오랜만에 태수라고 부를 수 있겠네."

이중호는 닉스홀딩스가 가지고 있는 중압감을 늘 느끼고 있었다.

한국 제일의 기업을 넘어서 아시아를 대표하는 대기업으로 성장한 닉스홀딩스였기 때문이다.

"태수야, 우리 결혼해."

"정말로요? 정말, 축하드려요."

한수연의 말에 가인이 기쁨 표정으로 말했다.

"축하한다. 축하드립니다. 오늘 식사는 제가 사야겠는데요."

"고맙다."

이중호는 싫지 않은 듯한 표정으로 말했다.

"결혼식은 언제예요?"

"5월에 하기로 했고, 날짜는 미정이야. 태수, 너도 올래?"

가인의 질문에 한수연이 날 보며 물었다.

"초대하면 갈게."

"정말 꼭 와야 해. 오면 과 친구들도 볼 수 있을 거야."

한수연의 환한 표정이 마음에 걸렸다.

닷컴 버블이 꺼지는 3월 이후에는 대산그룹이 크게 흔들릴 시기였다.

그때가 되면 이중호는 지금처럼 여유 있는 모습을 보일 수 없기 때문이다.

한수연에게는 정말 미안한 일이지만, 그렇다고 지금까지 진행하던 계획을 멈출 수도 없는 상황이다.

그 때문인지 저녁 식사를 함께하는 내내 행복한 미소를 짓는 한수연에게는 미안한 마음을 감출 수가 없었다.

두 사람의 행복을 빌어주는 자리였지만, 앞으로 닥칠 불행이 행복을 먹어치울 수도 있었기에…….

*   *   *

2월에 들어서도 코스닥의 상승세는 무서웠다.

1월 중순, 조정을 받았던 인터넷과 정보 통신 관련주들이 반등에 성공하면서 시장을 주도하는 주식으로 다시금 부상했다.

2월 첫날부터 6일 동안 주가가 50% 이상 급등한 종목들이 수두룩했다.

2월 7일에는 코스닥이 사상 최대 폭인 10.01%까지 폭등했다.

이러한 폭등 장세는 인터넷과 정보 통신주들이 주도했고, 거래소 시장마저 추월하는 모습을 보여주었다.

코스닥의 폭등은 주문 폭주를 불러왔고, 이로 인한 전산 마비로 매매 체결이 한두 시간씩 늦어지는 사태까지 속출했다.

인터넷 관련 업체인 버추얼텍은 28,850원에서 56,700원으로 96.5%가 급등했고, 이동통신용 단말기 업체인 스탠더드텔레콤은 5,230원에서 10,250원으로 95.9% 상승했으며, 디지털임택트도 4,460원으로 장을 마감해 90% 가까이 올랐다.

삼미정보통신, 대신정보통신, 삼보정보통신, 한글과컴퓨터, 다우데이타, 씨엔아이로커스, 메디다스, 아이앤티, 제이스텍 등도 70~90% 올랐다.

인터넷과 정보 통신주가 이러한 상승세를 주도한 것은 외국인들의 매수세가 결정적인 역할을 했다.

나눔기술도 외국인들이 687억 원어치를 6일 동안 매수했다.

여기에 기관과 개인이 합세하자 코스닥은 기쁨의 비명을 지른 것이다.

이러한 상승세로 인해 나눔기술의 시가총액은 순식간에 3조 원까지 불어났고, 놀랍게도 현대자동차의 시가총액을 앞지르게 되었다.

"하하하! 축하드립니다, 회장님."

"하하하! 현대자동차보다 시가총액이 높아질 줄은 생각지도 못했습니다."

"이제 시작입니다. 다이얼패드닷컴이 나스닥에 상장하는 날, 나눔기술의 주가는 국내 최고가 될 것입니다. 하하하!"

정용수 비서실장과 나눔기술 대표 박성호의 말에 기분 좋은 웃음을 토해냈다.

"100원으로 액면 분할을 해도 시장에서는 나눔기술의 주식을 원할 것입니다."

"나스닥에 상장할 때 써먹을 카드로 아껴두어야 해. 계획대로 유상증자를 진행해야지."

입가에 웃음이 가득한 박성호의 말에 이중호 회장이 답했다.

주가가 30만 원대로 다시 상승하자, 나눔기술은 50%의 유상증자를 계획하고 있었다.

"유상증자 후에 곧바로 100% 무상증자에 들어갈 것입니다."

50% 유상증자 후에 100% 무상증자를 계획한 것은 유상증자에 따른 주가 하락을 방지하기 위해서였다.

주식이 늘어난 만큼 주가가 하락할 수 있었기에 공짜로 나

나눠주는(무상증자) 방식으로 주식이 다시 싸 보이게 하는 전략이다.

"그럼, 주식이 얼마나 늘어나는 거지?"

이중호 회장이 박성호 대표에게 물었다.

"현재 1,331만 주에서 3,742만 주로 3배 가까이 늘어납니다."

"하하하! 늘어난 주식이 다시 제값을 찾으면 시가총액은 10조 원이 되는 것 아닙니까?"

박성호 대표의 말에 정용수 비서실장이 크게 웃으며 말했다.

"하하하! 그래서 시작이라고 말씀드리지 않았습니까."

"예, 맞습니다. 유상증자로 대략 3,800억 원 정도가 들어옵니다. 여기서 다시 무상증자가 진행되면 주가는 제자리를 찾을 수 있으니, 꿩 먹고 알 먹는 격입니다."

이중호 회장의 말을 받아 박성호가 다시금 설명하자 세 사람은 다시 한번 크게 웃음을 터뜨렸다.

문제는 발행주식이 3배 가까이 늘어나는 상황이었지만, 나눔기술의 주당순이익은 거의 변화가 없었다.

지금처럼 코스닥의 상승세가 이어진다면 가능성이 없는 말이 아니지만, 주당순이익의 변화 없이 주식 수량만 증가하는 것은 주가를 폭락시키는 요인이 될 수 있었다.

"하하하! 정말 이러다가 다이얼패드닷컴이 나스닥에 상장하면 나눔기술의 시가총액이 수십조 원도 바라볼 수 있겠습니다."

"그렇게 될 수 있습니다. 이젠 전통적인 굴뚝 사업과 제조업으로 성장하는 시대가 아니니까요."

정용수 비서실장의 말에 이중호 회장은 자신감을 드러냈다.

이중호가 예상했던 것보다 나눔기술의 주가가 더욱 상승할 수 있는 여건이 형성된 것이다.

"정말이지 나눔기술을 인수하지 않았으면 대산은 올해 큰 위기를 맞았을 것입니다. 회장님의 탁월한 판단이 대산그룹을 살렸습니다."

정용수 비서실장은 이중호 회장을 아낌없이 칭찬했다.

사실 대산그룹을 이끈 이대수 회장과 그룹 임원들은 나눔기술을 인수해야 한다는 이중호의 주장을 선뜻 받아들이기 힘들어했다.

나눔기술이 과연 1조 원의 값어치가 있느냐에 갑론을박을 벌였고, 정용수 비서실장의 적극적인 설득과 이대수 회장의 결정으로 인수할 수 있었다.

하지만 지금 3조 원대의 시가총액을 기록한 나눔기술의 인수는 대성공이었다.

"나눔기술을 통해서 대산그룹은 새로운 도약을 이루어낼 것입니다. 남들이 아니라고 할 때가 우리에겐 기회입니다."

이중호 회장의 말에 두 사람은 고개를 끄덕였다.

이중호는 러시아 유전 개발 사업의 실패를 잊지 않았다. 실패의 원인을 철저히 분석했고, 자신의 오만과 자만심이 실패를 만들어냈다는 것을 깨닫고 인정했다.

절치부심하여 자신의 모든 것을 던져서 만들어낸 나눔기술를 통해서 대산그룹의 회장까지 추대된 지금, 새로운 도약만이 있을 뿐이었다.

*　　　　*　　　　*

"저희가 가지고 있던 소프트뱅크 지분과 히카리통신 지분을 모두 팔았습니다. 지분 판매로 55억 달러의 이익을 얻었습니다."

김동진 비서실장의 보고였다.

닉스홀딩스가 가지고 있던 소프트뱅크 지분과 히카리통신 지분을 도요타와 소프트뱅크, 그리고 소니에게 넘겼다.

"잘하셨습니다, 소프트뱅크를 더 이상 가지고 있을 필요성은 없습니다. 그리고 나눔기술이 유상증자를 했다고 들었습니다."

"예, 기존 주주들에게 50% 유상증자를 진행했고, 성공적으로 마쳤습니다. 3,800억 원 정도의 현금을 확보한 것으로 보입니다. 이와 함께 주가 하락을 방지하기 위해서 무상증자를 계획하는 것 같습니다."

나눔기술은 유상증자를 통해 자본금의 60배에 달하는 자금을 확보한 것이다.

"어리석은 선택을 했군요. 늘어난 주식이 나눔기술의 발목을 잡을 것입니다. 제대로 된 이익을 내지 못하는 회사가 과열된 주식시장을 이용하여 돈벌이를 한 것뿐입니다."

코스닥에 상장한 인터넷과 정보 통신 관련 회사들은 투자할 곳과 투자수익률을 따지지 않고, 주가가 큰 폭으로 상승한 때를 이용하여 유상증자와 무상증자를 우선 해놓고 보자는 식이었다.

여기에 전환사채(CB)까지 무분별하게 남발해 자금을 끌어다가 썼다.

CB는 일정한 조건에 따라 채권을 발행한 회사의 주식으로 전환할 수 있는 권리가 부여된 채권으로서 전환 전에는 사채로서의 확정 이자를 받을 수 있고, 전환 후에는 주식으로서의 이익을 얻을 수 있었다.

"예, 코스닥에 상장한 벤처기업 대다수가 아직은 제대로 된 이익을 내지 못하고 있습니다. 첨단 기술을 내세운 회사들도 상용화가 언제 될지 모르는 실정입니다."

코스닥에 상장한 대부분의 닷컴 기업들은 적자를 벗어나지 못하고 있었다.

주식 상장과 전환사채 발행으로 들어온 돈으로 버티는 회사들이 대다수였다.

"일반 사람들의 눈과 귀를 현혹한 것뿐입니다. 주가를 떠받칠 재료도 슬슬 떨어질 때가 되었습니다. 당장에라도 새로운 세계가 펼쳐질 것처럼 떠들었지만, 현실은 그렇지 못하니까요. 앞으로 거품을 꺼뜨리기 위해 미 연준(Fed)에서 금리를 올릴 것입니다."

코스닥 시장은 다단계 사기 형태로 보일 정도로 묻지 마 투기장으로 변해가고 있었다.

이러한 현상은 전 세계 주식시장에서도 벌어졌고, 시장 안정을 위해서 각국의 중앙은행들은 금리 인상 카드를 꺼내 들려는 상황이었다.

"거품이 꺼지면 후유증이 적지 않을 것 같습니다."

"거품이 꺼지면 옥석이 가려질 것입니다. 지속해서 발전하는 회사와 그렇지 못한 회사로 말입니다. 나눔기술은 일시적으로 버틸 수 있을지 모르지만, 1조 원의 투자를 단행한 대산그룹은 크게 흔들릴 것입니다."

나눔기술의 인수를 위해 대산그룹이 쓴 돈은 1조 5백억 원이었다.

이로 인해 대산그룹의 자금 흐름은 원활하지 못했다.

더구나 나눔기술은 유상증자로 들어온 3,800억 원은 대산그룹으로 흘러들어 가지 않았다.

나눔기술은 이 자금으로 새로운 자회사 설립을 진행했다.

지분 출자로 새로운 자회사를 설립하고 다시금 코스닥 등록을 통해 대박을 노리기 위해서였다.

나눔기술이 설립한 회사는 나눔씨엔씨와 나눔벤처스, 나눔소프트 등 세 개 회사였다.

Chapter 5

　2월 17일 나눔기술의 주가는 30만 8,000원까지 치솟았다.

　미국 다이얼패드닷컴의 회원 수 증가와 국내 다이얼패드 서비스 시작이 호재로 작용했다.

　여기에 올해 다이얼패드닷컴이 나스닥에 직상장한다는 사실이 알려지면서 단숨에 30만 원대를 돌파한 것이다.

　나눔기술은 주가가 고점에 올라서자 50%의 유상증자에 이어서 2월 말 100% 무상증자 권리락을 시행했다.

　그러자 나눔기술의 주가는 14만 3,000원까지 급락했다.

　연일 상승세를 이어갈 것 같던 미국의 나스닥과 한국의 코스닥 지수도 3월 들어서부터 서서히 빠지기 시작했다.

"주가가 왜 이래? 테헤란로에서 작업에 들어간다고 했잖아."

이중호 회장이 아침에 출근해 첫 번째로 확인하는 것은 나눔기술의 주가였다.

30만 원을 돌파한 이후 유상증자와 무상증자를 거치면서 나눔기술의 발행 주식 수량은 3배로 늘어났다.

처음 계획한 대로 30만 원대를 유지하기 위해 무상증자까지 진행했지만 14만 원대로 주저앉았다. 그리고 며칠 뒤 13만 원대까지 밀렸다.

"주식의 수량이 많아지다 보니, 조금 어려움을 겪는 것 같습니다."

나눔기술의 대표인 박성호가 난처한 표정으로 말했다.

"아니, 그걸 말이라고 해. 지금 우리가 어떤 상황인지 잘 알고 있잖아. 수단과 방법을 가리지 말고 주가를 올려야 한다고."

"미국의 나스닥이 빠지는 것도 영향을 주는 것 같습니다."

정용수 비서실장이 조심스럽게 말했다.

"나눔기술에 들어간 돈이 얼마인지 아시지 않습니까? 지금 여기서 주춤하면 대산그룹도 흔들리게 됩니다. 다른 작업팀도 만나봐. 30만 원이 힘들면 20만 원대 이상은 유지시켜야 해."

"예, 알겠습니다."

박성호의 대답은 이전처럼 자신감 넘치는 말투가 아니었다.

나눔기술의 주가 하락은 발행주식 수량이 1,331만 주에서 3,742만 주로 3배 가까이 늘어난 데 원인이 있었다.

이와 함께 나눔기술이 뚜렷하게 이익을 내고 있지 않다는 점도 문제였다.

작년 나눔기술의 매출액은 261억 원이었고, 당기순이익은 고작 10억 원에 불과했다.

자신들이 자랑하는 인터넷 무료 전화인 다이얼패드와 유료 통신 프로그램으로는 아직 뚜렷한 수익 창출이 발생하지 않고 있었다.

"1월에도 잘 버텼잖아. 이번에도 치고 올라갈 거야."

이중호는 자신의 판단이 틀렸다는 것을 인정하고 싶지 않았다.

1월 4일 27만 1,000원까지 뛰어올랐던 나눔기술은 1월 중순, 코스닥이 숨 고르기에 들어가자 한때 9만 9,000까지 떨어졌었다.

시장에서 나눔기술의 신드롬도 끝났다고 할 때, 2월 18일에 30만 8,000원으로 상승하면서 다시금 코스닥의 황제주로 돌아왔었다.

하지만 그때와는 대외적인 상황이 크게 달라져 있었다.

미국의 나스닥은 물론 일본의 주식시장에서도 닷컴 기업들의 주가가 고점을 찍고 하락하는 모습을 보였기 때문이다.

*   *   *

한국 증시를 뜨겁게 달구었던 환호성은 어느 순간부터 비명으로 바뀌었다.

하루가 지나면 무조건 오르기만 하던 코스닥지수도 3월 10일에 292.55에 정점을 찍은 후 내리막을 걸었다.

전문가 대부분이 300선을 돌파하리라는 것을 의심하지 않았고, 시장에서도 300선 돌파는 문제없다는 분석이 지배적이었다.

그러나 각 증권사 애널리스트들의 분석은 여지없이 빗나갔다.

코스닥에 상장한 벤처기업의 주가는 원초 기술을 보유하고 있는 나스닥 기업보다 더 높은 수준을 유지했었고, 비슷한 업종에서 같은 일을 하는 기업이 단지 코스닥에 있다는 이유만으로 거래소 기업보다 주가가 2~3배나 높았었다.

코스닥에 등록된 기업들의 주가 상승세가 빨라졌던 것처럼 롤러코스터처럼 수직으로 하강하기 시작했다.

이러한 사정은 인터넷과 정보 통신주가 집결한 나스닥도

마찬가지였다.

나스닥지수는 1998년 2,000포인트를 넘어섰고, 1999년에는 3,000포인트를 돌파한 이후 그해 4,000포인트를 훌쩍 뛰어넘었다.

그리고 새로운 밀레니엄이 시작된 2000년 3월 10일 5,048.62까지 치솟으며 불—마켓(Bull market)을 형성했다.

한해 사이에 지수상으로 2배나 치솟는 기염을 토한 것이다.

더구나 미국의 신경제학파에 속한 학자들은 기업들이 네트워크에 의한 정확한 전망을 통해 생산을 하기 때문에 수급 불균형과 재고 누적에 따른 전통적인 경기 사이클이 종식되었다고 주장했다.

한마디로 경기 변동이 사라졌으므로 미국 경제가 예측 가능한 미래까지 장기 호황을 지속한다는 말이며, 주식시장은 항상 오른다는 말이다.

여기에 애널리스트들도 인터넷과 정보 통신이야말로 21세기의 주력 산업이라며 입에 닳도록 떠들면서 소액 투자자들을 끌어모으는 것은 미국도 마찬가지였다.

경제 전문가와 투자 분석가들 모두가 상승을 주장하는 모습은 전 세계 주식시장에서 동일하게 보여지는 모습이었다.

그러나 부풀어 오른 거품은 나스닥도 피해가지 못했다.

나스닥을 이끌던 기술주 중심으로 급속하게 주식이 빠지면서 투자자들은 패닉(공황)에 빠지기 시작했다.

"씨팔! 팔았는데 전산에는 주식이 그대로 있잖아? 어떻게 된 거야?"

이성태는 인터넷으로 주식을 분명 팔았는데, 보유량에는 변화가 없었다.

─정말 죄송합니다. 고객님, 지금 거래량이 너무 많아서 전산이 감당을 못해서 그렇습니다. 빠른 조치를 취하고 있으니, 조금만 기다려 주십시오.

동우증권 고객센터 담당자는 우는 듯한 목소리로 말했다.

고객센터와 전화 통화가 이루어진 것도 50분 만이었다.

사방에서 걸려오는 전화마다 폭언과 욕설이 담긴 전화들뿐이었다.

"개새끼야! 네가 책임질 거야! 내 돈 책임질 거냐고!"

이성태는 실성한 듯이 소리를 질렀다.

뚜─뚜뚜!

그 순간 전화가 끊어졌다.

"여보세요? 여보세요? 끊어! 이 개새끼들을 가만두면 사람이 아니다."

이성태가 거래했던 주식은 이미 하한가로 곤두박질한 상태다.

장이 시작된 지 15분 만에 코스닥에 등록된 종목 대부분이 하락했고, 하한가 종목이 무려 258개나 기록했다.

이는 코스닥을 개장한 이래 가장 많은 수치였다.

전날 미국의 나스닥이 폭락하면서 미국 주식시장도 패닉에 빠졌기 때문이다.

6일 연속 빠진 코스닥 지수는 230대 아래로 주저앉았다.

광전송 장치 개발이라는 호재를 맞았던 오피콤은 상한가를 이어가다 하한가로 돌아섰고, 코스닥 시장을 주도했던 나눔기술, 다음커뮤니케이션, 핸디소프트, 로커스, 핸디소프트 등 대표주식들이 모조리 하한가를 맞이했다.

한국통신하이텔, 한국통신프리텔, 하나로통신, 데이콤, 한솔엠닷컴 등 대형주들도 5~10% 이상씩 빠졌다.

코스닥의 주식을 사들였던 외국인들도 매도세로 돌아서면서 낙폭을 더욱 키웠다.

그러나 개별 주식 중에는 상한가를 기록하는 주식들이 있었기에 개미들은 앞으로 닥칠 무서운 하락세를 아직 감지하지 못했다.

오히려 저렴해 보이는 주식을 사들일 수 있는 절호의 기회라는 애널리스트 말에 동조하는 모습까지 보였다.

주식 카페나 동호회에서도 다시 한번 기회가 주어졌다는 분위기였다.

이러한 모습은 올해 1월 코스닥이 조정기를 거치면서 재차
무섭게 상승하는 모습을 보였기 때문이다.

이때 주가가 다시 2~5배까지 상승하는 코스닥 주식들이
상당히 많았다.

*   *   *

"오늘은 절대 하한가로 보내면 안 돼."

테헤란로에 자리 잡은 주현빌딩에는 나눔기술을 작업하는
팀이 곤욕을 치르고 있었다.

오전부터 쏟아지는 매물로 인해 가랑비에 옷이 젖듯이 40억
원이 순식간에 사라졌다.

"팀장님! 방배동에서 25만 주를 던졌습니다."

컴퓨터 화면을 바라보던 사내가 뒤를 보며 소리쳤다.

방배동은 나눔기술에 대한 작업을 같이 진행하기로 한 또
다른 팀이었다.

"개새끼들이 배신을 때려! 당장 전화 넣어!"

이동영은 신경질적으로 소리를 질렀다.

간신히 하한가로 진행하는 것을 막고 있는 상황에서 25만
주를 내던진 것이다.

오늘 하한가로 떨어지면 당분간 10만 원대를 바라볼 수 없게 된다.

"전화를 받지 않습니다. 아! 30만 주를 더 던졌습니다. 이제 하한가로 떨어졌습니다."

짧은 탄성과 함께 나눔기술의 주가가 하한가로 곤두박질했다.

20만 주 정도 쌓였던 매물이 순식간에 1백만 주로 늘어났고, 곧이어 320만 주의 하한가 매물이 쌓였다.

쾅!

"개새끼들이 지들만 살겠다고⋯⋯."

드르륵! 드르륵!

그때 이동영이 들고 있는 핸드폰이 울렸다.

"여보세요?"

─이 사장, 이거 말이 틀리네.

명동 쪽 사채업자이자 재개발 철거 전문 회사를 운영하는 주용석이었다.

주용석은 나눔기술에 56억 원을 투자했다.

"주 사장님, 일시적인 상황입니다. 곧바로 하한가가 풀릴 것입니다."

나눔기술은 월요일부터 연속된 하한가를 기록하고 있었다.

─오늘까지 4일째야. 내 돈이 딱 절반이 날아가는데도 일시

적이란 말이 나와?

주용석의 목소리는 평상시와 달랐다.

1월 코스닥 조종기에 주용석은 이동영의 도움으로 20억 원으로 23억을 벌었고, 수고비로 4억을 건네주었다.

이 때문에 투자 금액이 두 배 이상으로 늘어난 것이다.

"1월에도 조정기가 있었지 않았습니까? 지금 이때가 기회입니다. 아시지 않습니까? 나눔기술 뒤에는 대산그룹이 있습니다. 그리고 나눔기술이 가지고 있는 현금만 4천억 원 넘습니다. 3백(3백억) 개만 풀어도 10일 상한가는 문제없습니다."

이동영은 있는 말, 없는 말을 해가면서 주용석을 이해시키려 노력했다.

지금 이 시기에 주영석마저 들고 있는 주식을 내던지면 연속 하한가는 계속 이어질 수 있었다.

—내 오늘만 이 사장의 말을 믿겠지만, 내일은 다를 거야.

"지금 쌓인 하한가는 곧 풀릴 것입니다. 제 말이 틀리나 맞나 확인하시고 결정하셔도 늦지 않습니다."

—알겠어, 하지만 명심해. 난 돈을 믿지, 사람을 믿지 않아.

뚜—우!

주용석은 자기가 하고 싶은 말만 하고는 전화를 끊었다.

지금 주용석이 문제가 아니었다.

방배동팀의 배신이 더 큰 문제였다. 그쪽이 가지고 있는 물량만 230만 주었다.

"시발새끼! 돈 벌어줄 때는 똥개처럼 살살거리면서 꼬리를 치던 놈이. 야! 방배동에 사람 보내서 확인하고 와!"

이동영은 느낌이 좋지 않았다.

나눔기술에 들어온 새끼 세력들이 이탈할 조짐을 보였기 때문이다.

*   *   *

쿵!

"도대체 일을 어떻게 하는 거야?"

이중호 회장은 성난 표정으로 책상에 놓인 모니터를 옆으로 밀치며 말했다.

나눔기술은 5일 동안 연속된 하한가를 기록했고, 장이 새롭게 시작한 월요일에도 10%나 빠졌다.

50억 원을 자사주 매입에 투자한 결과 6일 연속 하한가는 기록하지 않았지만, 나눔기술의 주가는 7만 원대까지 흘러내렸다.

문제는 반등할 만한 재료가 없다는 것이다.

"미국 나스닥이 계속 빠지고 있어서 시장 전체가 힘을 잃고 있습니다."

나눔기술의 박성호 대표는 힘없는 목소리로 말했다.

"나스닥 평계만 대지 말고, 대책을 세우라고. 지금 손해가 얼마인지 알아?"

대산그룹이 나눔기술을 지분을 인수할 때 주당 25만 원을 주고 소빈서울뱅크에서 인수했다.

25만 원의 가격이 지금 7만 원이 된 것이다.

"후! 죄송합니다."

박성호 대표는 큰 한숨을 내쉬며 말했다.

지금 당장 뭔가를 할 수 있는 분위기가 아니었다.

5천 포인트를 넘어섰던 나스닥 지수는 4천 포인트 아래로 밀려난 상태였다.

문제는 인터넷과 정보 통신 관련 회사들에 우호적이던 시장 분위기 싸늘하게 식어간다는 것이다.

"이동영은 뭐래?"

"반전할 만한 카드가 없는 상황에서는 더는 힘들다고 합니다."

나눔기술의 주 세력이었던 테헤란로 작업팀도 적잖은 피해를 본 상태였다.

나눔기술에 들어왔던 새끼 세력들이 이탈하면서 나눔기술을 들고 있던 개인들도 주식을 던지기 시작했기 때문이다.

"아! 정말. 5개월 후에 다이얼패드닷컴이 나스닥에 들어가잖아. 그때까지만 버티면 되는 일인데……."

의자에 깊숙이 기댄 이중호는 오른손으로 이마를 짚으며
말했다.

"그리고 테헤란 쪽에서 자사주 매입을 좀 더 해주길 바라
는 메시지를 보내왔습니다."

"지금 그럴 현금이 없잖아. 다이얼패드닷컴하고 나눔씨엔씨
에 들어간 돈만 3천억이야. 거기다가 나스닥에 입성하기까지
들어가야 하는 자금도 만만치가 않다는 걸 잘 알잖아."

새롭게 만든 나눔씨엔씨 주식은 장외시장에서도 거래가 이
루어지고 있었지만, 코스닥이 폭락하자 장외시장 거래도 잘
이루어지지 않았다.

"주가를 받치려면 적어도 2백억 원은 있어야 한다고 해서."

"성호야, 이동영한테 휘둘리면 안 돼. 네가 이동영을 데리고
놀 정도가 되어야지. 지난주에 놈의 말대로 50억 원을 풀었잖
아. 그런데 어떻게 됐어?"

이동영의 말대로 자사주 매입을 기사화한 후에 50억 원을
투자해 나눔기술 주식을 사들였지만, 결과는 크게 달라지지
않았다.

오히려 자사주 매입에 맞추어 50억 원어치의 주식을 이동영
이 시장에 내던진 것이 아닌가 하는 의심이 들었다.

"그래도 지금은 이동영밖에는 반전을 줄 사람이 없어서."

"후! 한번 고민해 보자. 그만 나가봐도 돼."

박성호의 말에 큰 한숨을 내쉰 이중호는 다시금 의자에 깊숙이 기대며 말했다.

"정말, 이번만 버티면 되는데……."

박성호가 나가자 의자에서 일어난 이중호는 창밖의 풍경을 보며 말했다.

서울소빈뱅크에서 나눔기술의 지분을 인수한 것은 결코 잘못된 선택이 아니었다.

그걸 말해주듯이 나눔기술의 주식은 30만 원을 우습게 돌파했고, 현대자동차의 시가총액을 넘어서는 모습까지 보여주었다.

나스닥이 흔들리지만 않았다면 지금쯤 나눔기술의 주가는 50만 원을 향해가고 있었을 것이다.

"흠, 여기까지 와서 흔들릴 수야 없지……."

이중호는 책상에 놓인 전화기를 들었다.

"비서실장 좀 들어오라고 해."

―예.

담당비서의 대답 후, 2분 뒤 정용수 비서실장이 회장실로 들어왔다.

"부르셨습니까?"

"실장님, 작업 좀 해야겠습니다."

"무슨 작업입니까?"

"나눔기술의 주가를 좀 받쳐야겠습니다."

"그 일은 박성호 대표가 담당이지 않습니까?"

"나눔기술보다는 대산이 나서서 하는 것이 모양새가 더 있어 보일 것 같아서요."

"흠, 어떻게 말입니까?"

"미국 시스코시스템스가 다이얼패드닷컴에 투자를 진행할 예정이라고 두루뭉술하게 발표하십시오. 해외 진출도 대산그룹과 함께하기로 했다는 식으로 말입니다."

시스코시스템스는 미국의 네트워크 통신 회사로 한때 세계 네트워크 장비 시장의 3분의 2를 석권했었다.

현재 나스닥에 상장한 기업 중 주가가 가장 비싼 회사 중 하나였다.

"실제로 시스코시스템스 접촉은 하셨습니까?"

"오늘 시스코시스템스 한국 지사를 방문할까 합니다. 우리가 관리하는 기자들에게 전화 좀 넣어서 포장만 그럴싸하게 기사만 나오게 하면 됩니다."

"무슨 말씀인지 알겠습니다."

정용수 비서실장은 이중호 회장의 말의 의미를 바로 알아챘다.

나눔기술의 주가를 떠받치기에는 인수·합병이나 해외 투자

유치가 제일 좋은 이슈였다.

　지금 이중호에게 있어 그것이 거짓인지 진실인지는 나중에
따질 일이었다.

Chapter 6

미국의 소빈베어스턴스뱅크는 나스닥의 상승과 하락에 따른 놀라운 수익률을 기록했다.

2월 말을 기점으로 소빈베어스턴스뱅크와 소빈타이거펀드는 인터넷과 정보 통신 관련주를 대부분 정리하는 모습을 보여주었다.

나스닥의 닷컴 기업들이 강력한 주가 상승 여력을 보여주는 상황에서 시장은 소빈베어스턴스뱅크와 소빈타이거펀드의 결정을 비웃었다.

그도 그럴 것이 3월 초에도 나스닥 지수는 뜨겁게 달아올

랐고, 시장을 주도하는 기업들의 주가는 최고치를 갈아치웠기 때문이다.

소빈베어스턴스뱅크와 소빈타이거펀드가 팔아치운 주식은 현재 1천3백억 달러를 넘어섰고, 막대한 현금을 쥔 두 회사는 나스닥 선물지수에 투자하고 굴뚝주를 사들였다.

"다이얼패드닷컴이 시스코시스템스의 투자를 끌어냈다고 합니다."

김동진 비서실장의 보고였다.

"시스코가 다이얼패드닷컴에 투자를 했다. 왠지 어울리지 않은 그림인데요."

시스코시스템스는 인터넷 전화에 굳이 관심을 가질 상황이 아니었다.

시스코시스템스는 2000년 3월 시가총액이 5,570억 달러로 최고치를 기록한 이후 주가가 계속 하락하고 있었다.

"아직 확인되지 않은 사실이지만, 나눔기술이 시스코시스템스와 협상을 진행하고 있다는 공시를 내보냈습니다. 이 때문에 오늘 나눔기술이 상한가에 진입했습니다."

"시스코시스템스의 정확한 상황을 알아보십시오. 요새 코스닥 상장사들에서 나오는 공시들은 정확성이 떨어지니까요."

코스닥에 상장한 IT 기업들의 공시들은 하나같이 문제성이 많았다.

코스닥이 상승할 때도 확인되지 않은 공시들을 내보내어 개인 투자자들이 적잖은 피해를 보았다.

코스닥의 하락세가 이어지고 있는 지금, 주가가 상승할 때보다 더 큰 피를 입을 수 있었다.

"알아보겠습니다."

"그럼, 저는 신의주로 출발하겠습니다."

"예, 조심해서 다녀오십시오."

신의주특별행정구는 계속해서 확대되고 있었다.

중국에서 밀려드는 주문에 공장을 24시간 돌려도 해당 주문을 다 소화할 수 없을 정도로 바빴다.

중국은 지금 막대한 자금을 들여서 교통 인프라와 전기, 통신시설을 구축하고 있었다.

전국 각지에 세워지는 공단에 들어서는 공장을 돌리기 위해서는 필수적인 요소들이었다.

*　　　　*　　　　*

중국의 투자가 홍콩과 맞닿은 광저우와 연안 지역에 집중되고 있는 상황에서 동북 3성은 여전히 소외되고 있었다.

더구나 신의주특별행정구에서 생산되는 고품질의 석유화학

제품과 철강, 비철금속, 전선, 통신용 자재, 기계 부품류, 휘발유 등이 공급되자 동북 3성에 있는 관련 기업들은 경쟁이 되지 못했다.

중국으로 수출되는 제품들은 중국 내에서 생산된 제품과는 비교할 수 없는 높은 품질을 유지했고, 관세도 없었기 때문에 가격도 저렴했다.

이와 함께 일본의 부품 소재 회사들을 인수한 후, 신의주 특별행정구로 공장을 옮기는 작업이 진행되고 있었다.

일본 닷컴 기업들의 주식을 매각한 자금으로 전자, 반도체, 기계 부품 쪽의 핵심 소재·부품 회사들을 사들였다.

일본에 진출한 소빈사쿠라은행과 소빈신용정보는 일본의 부품·소재 기업들의 인수를 손쉽게 도왔다.

"새롭게 조성된 230만 평에는 반도체와 전자 부품 그리고 정밀기계 부품 공장들이 들어설 예정입니다."

신의주특별행정구 행정국장인 김현우의 말이었다.

새로운 신소재 공단을 통해서 룩오일NY와 닉스홀딩스는 정밀부품과 반도체 소재 분야에서도 일본과 독일을 뛰어넘을 수 있는 기반이 마련되는 것이다.

신소재 공단에는 닉스홀딩스가 선별한 국내 정밀 부품 기업들도 입주할 예정이다.

"도로와 전기 공급에는 문제없겠지요?"

"예, 도로도 8차선으로 완공되었고, 새로운 액화천연가스 (LNG) 열병합발전소가 완공되어 난방과 전기 공급에는 문제가 없습니다."

열병합발전소는 화력발전소와 달리 발전 후 버려지는 열을 냉난방과 급탕용으로 활용하기 때문에 에너지 효율이 75~85%에 달하며 환경오염도 적다.

전기만 생산하는 화력발전소의 에너지 효율은 35~45% 불과했다.

러시아에서 파이프라인으로 공급되는 저렴한 가격의 천연가스를 발전용으로 이용하기 때문에 발전비용도 줄어들었다.

"추운 지역이라 열병합발전소는 필수입니다. 열병합발전소를 계속 공급해서 북한 주민들도 혜택을 받을 수 있게 하십시오."

"예, 신의주 당국과 협력하여 올해 새로운 발전소를 짓을 예정입니다."

50만㎾급 열병합발전소는 보통 6,000~7,000억 원이 소요되었다. 하지만 북한 지역은 부지 구입 비용이 들어가지 않기 때문에 1천억 원 정도는 줄일 수 있었다.

"일본 내 공장을 이전하는 것에는 별다른 문제가 없습니까?"

닉스홀딩스 신소재 사업단장인 임도운 이사에게 물었다.

"일본 내 시설들을 옮기는 것이 아니기 때문에 특별한 문제는 없었습니다. 일본 언론사들에 대한 전방위적 로비 덕분에 여론을 자극할 만한 기사를 내보내지 않았습니다."

일본 정부와 정치인들은 여론에 민감하게 움직였다.

일본 경제의 미래를 좌우할 수 있는 먹거리를 신의주특별행정구로 옮기는 것이기 때문에 반발을 살 수 있었다.

룩오일NY와 닉스홀딩스는 사전에 이러한 움직임을 봉쇄하기 위해서 해당 관리와 정치인 그리고 언론사들에 로비를 진행했다.

"좋은 징조입니다. 관련 기술자들은 확보하였습니까?"

"예, 일본에서 받는 연봉의 2배를 제공하자, 신의주행을 주저 없이 택했습니다."

공장만 이전한다고 해서 해결되는 것이 아니었다.

해당 공장에서 일할 숙련된 엔지니어와 기술자가 필요했고, 이들을 통해서 기술을 이전받아야만 했다.

"전문 엔지니어들에는 충분한 혜택을 부여해야 합니다. 연봉도 중요하지만, 이곳에서 생활하는 데 불편함이 없도록 제반 시설도 모두 갖추어 놓아야 합니다. 그래야 가족들과 함께 신의주에 올 수 있습니다."

돈도 중요했지만, 가족이 있는 사람들은 생활환경과 교육

문제에도 민감했다.

"5월까지 국제 학교 2곳을 더 개원할 예정입니다. 종합병원과 도서관이 올 3월에 새롭게 들어섰습니다. 영화관과 문화 공연을 관람할 수 있는 종합문화센터도 6월에 개장을 앞두고 있습니다."

신의주특별행정구 문화시설관리 국장인 정수영이 대답했다.

신의주특별행정구는 한국인만 생활하는 공간이 아니었다. 다양한 국가에서 온 사람들이 어울려 생활화는 국제도시로 탈바꿈하고 있었다.

"잘하고 있습니다. 신의주특별행정구는 싱가포르와 홍콩을 넘어서는 국제도시가 되어야 합니다. 치안 문제는 어떻습니까?"

조성원 신의주특별행정구 치안국장에게 물었다.

"중국 폭력 조직들이 들어와 카지노에서 행패를 부렸지만, 바로 제압되어 감옥에 수감되었습니다. 중국과 남한에서 온 소매치기단도 모두 체포되어 강제 노역 하고 있습니다."

조성원 치안국장은 자신감 있게 이야기했다.

신의주특별행정구는 코사크와 특별행정구 경찰을 통해서 이중으로 보호되고 있었다.

범죄를 저지르고 체포된 인물들은 특별행정구가 제정한 법률에 의거하여 죗값을 치른 후, 강제 추방된다.

강제 추방된 인물들은 다시는 신의주특별행정구에 발을 붙일 수 없었다.

더구나 신의주특별행정구 내의 법률은 엄격했고, 외국인이라고 해서 봐주는 특혜가 전혀 없었다.

"강제 노역을 하고 나면 다시는 범죄를 저지를 생각이 사라지겠습니다."

"예, 노동의 강도가 상당하기 때문에 대다수가 후회를 많이 합니다. 더구나 이곳에서 수감생활이 끝난 후에도 자신들의 본국에 돌아가서도 죗값을 치르는 경우가 많습니다."

중국은 외국에서의 범죄 행위에 대해 강력하게 대했다.

"그래야만 특별행정구에서 범죄를 저지르면 안 된다는 사실을 인지할 것입니다. 특별행정구에서 가장 중요한 것은 치안입니다. 치안이 무너지면 수많은 문제가 발생합니다."

러시아에서 똑똑히 경험한 것이었다.

마피아가 활개를 치는 순간부터 러시아의 정치와 경제도 불안해졌기 때문이다.

러시아 마피아는 한때 정치인과 관리들도 무서워하지 않을 정도로 세력을 확장했었다.

코사크를 통해서 마피아를 통제하지 못했다면 러시아는 지금도 암흑기를 보내고 있을 것이다.

"예, 더욱더 신경을 쓰겠습니다."

조성원 치안국장은 북한 출신이었지만, 모스크바에서 학교를 나오고 생활했다.

그는 치안 문제의 중요성을 아주 잘 아는 인물이었다.

*　　　　　*　　　　　*

숙소로 돌아왔을 때 8군단장에서 북한군 총참모부 작전총국장에 오른 이승범 대장이 와 있었다.

신의주특별행정구를 파괴하려고 했던 김정일 그림자들의 계획을 무력화시키는 데 공로를 인정받아 총참모부로 영전된 후, 대장으로 승진했다.

북한의 총참모부는 군사 작전을 총괄하며 9개 전후방 군단, 4개 기계화 군단, 1개 전차군단, 1개 포병군단, 국경경비사령부, 평양방어사령부, 미사일 지도국. 경보교도지도국(특수전 부대) 등 총 19개 군단급 부대와 해군, 공군 사령부를 두고서 이 부대들을 직접 지휘·통제하고 있다.

그는 김평일 주석이 정권을 잡은 이후부터 북한군 실세로 자리를 잡았다.

그런데 이승범 대장은 혼자가 아니었다.

"하하하! 그동안 잘 계셨습니까?"

이승범 대장은 날 보자마자 반갑게 인사를 건네왔다.

"하하하! 작전총국장에 오르신 것을 축하드립니다."

"모든 것이 회장님 덕분입니다. 회장님께서 절 적극적으로 추천해 주셨다는 것을 알고 있습니다."

이승범 대장의 말처럼 북한군부에서 믿을 수 있는 사람이 없었던 김평일 주석에게 이승범을 추천한 것이 나였다.

"아닙니다. 누구보다 이 나라를 사랑하고 인민을 위하는 분이시니까요."

"과찬이십니다. 그리고 여기 계신 분은 중국군 총후근부를 지휘하고 계시는 조남기 부장(보급사령관) 동지입니다. 조 부장 동지께서는 중앙군사위원이시기도 합니다."

강인한 인상의 조남기 상장(대장급)은 조선족은 물론 중국 내 55개 소수민족을 통틀어 중국 정계 및 군부 최고위직에 오른 입지전적 인물이다

총후근부는 군수 물자 공급과 운송·물류·건설·의료 지원 등을 총괄하는 기관으로 중국군 총정치부, 총참모부와 함께 인민해방군 3대 기둥 중 하나였다.

"아! 말씀을 많이 들었습니다. 강태수라고 합니다."

"조남기입니다. 조선족을 위해 각별히 신경을 써주셔서 감사드립니다."

내 손을 맞잡은 조남기 부장의 손은 따듯했다.

조남기 부장은 이승범 대장의 초청으로 북한을 방문했다.

"당연히 도와야지요. 조선족의 우상을 여기서 뵙게 되네요. 자, 저리로 가시지요."

조남기 부장은 충북 청원군 태생으로, 11살 때 부친을 따라 만주로 건너갔다.

그는 동부 3성을 지키는 선양군구에 상당한 영향력을 가지고 있었다.

선양군구에는 제40집단군과 제39집단군, 제16집단군이 지린, 선양, 랴오닝에 주둔하고 있다.

선양군구의 3개 집단군은 한반도 유사시 북한과 공동으로 한미연합군을 억제하고 군사적 균형을 유지하는 목적을 가졌다.

"하하하! 제가 우상이라면 강 회장님은 영웅이십니다. 북한을 이렇게 바꾸어놓으셨으니까요."

밝은 웃는 조남기 부장은 북한의 변화에 매우 놀랐다.

몇 년 전까지 북한은 굶어 죽는 주민들이 있을 정도로 어려움에 빠져 있었지만, 지금은 완전히 바뀌어 있었다.

신의주의 놀라운 변화는 익히 들어 알고 있었지만, 평양을 비롯한 대도시는 물론 중소도시가 빠르게 상업화가 이루어져 식량과 다양한 상품 공급이 원활하게 이루어지고 있었다.

이제는 북한 전역에서 굶어 죽는 사람을 찾기 힘들어졌다.

"제 힘만으로 된 것은 아닙니다. 모두가 열심히 하나가 되어 이루어낸 것입니다."

"강 회장님이 없었다면 지금의 북한은 꿈도 꿀 수 없었을 것입니다. 신의주에서 벌어들이는 돈을 통해서 많은 것이 달라지고 있습니다."

이승범 대장은 날 치켜세우며 말했다.

그의 말처럼 신의주특별행정구에서 수출로 벌어들이는 막대한 외화와 직원들의 월급, 그리고 신의주를 찾는 관광객들의 소비가 북한 경제에 32%를 차지할 정도로 커졌다.

그 비중이 시간이 갈수록 더욱 커지고 있었다.

"하하! 동북 3성에 사는 중국 인민들은 신의주특별행정구에서 만들어진 제품이 아니면 구매를 하지 않을 정도입니다. 이러다가 중국 기업들이 죄다 망하는 것이 아닌지 모르겠습니다."

자리에 앉은 조남기 부장은 웃음 띤 얼굴로 말했다.

"아직은 그 정도는 아닙니다. 중국이 가진 저력에 비할 바가 아닙니다."

"강 회장님께서는 많이 겸손하십니다. 신의주에서 생산되는 제품들이 베이징까지 들어와 많은 사람들의 사랑을 받고 있습니다. 사실 중국 제품들이 좋아지기는 했지만, 믿을 수 없는 제품이 많아서 말입니다. 실은 저도 신의주에서 생산되는 제품을 이용합니다."

신의주특별행정구에서 생산되는 생활용품과 의약품들 상당수가 중국으로 수출되고 있었다.

중국은 먹거리는 물론 의약품까지 가짜 상품들이 많아 이를 사 먹은 주민들이 큰 피해를 보았다.

"감사한 말씀입니다. 중국 국민들이 많이 이용해 주어야 이곳의 공장들도 멈추지 않고 돌아갈 수 있으니까요."

"예, 좋은 제품을 많이 만들어주십시오. 그리고 제가 회장님을 찾은 것은 한 가지 이유 때문입니다."

밝게 웃던 조남기 부장이 심각한 표정으로 말했다.

"무슨 이유이신지요?"

궁금한 표정으로 물었다.

사실 중국 인민해방군의 최고위급직인 조남기 부장이 날 찾을 이유는 그리 없었다.

"회장님께서도 천녀를 알고 계시는지요?"

조남기 부장의 입에서 전혀 생각지도 못한 말이 흘러나왔다.

*   *   *

조남기 총후근부장의 말은 충격적이었다.

중국 지도부가 천녀에게 빠져들어 그녀의 말을 맹신하게 되었다는 말이다.

화린의 육체 새롭게 나타난 천녀의 능력은 그녀를 불신하던 공산당 인물들에게 충격을 주었고, 천녀를 통해서 공산당 간부들이 불치병을 고치자 맹신에 가까운 추종 세력이 생겨났다는 것이다.

"중국지도부가 천녀를 따른다는 말입니까?"

"전부는 아니지만, 장쩌민 주석을 위시한 상하이방은 천녀를 맹목적으로 숭배하고 있습니다. 그녀가 보여준 치유 능력과 육체를 옮겨 다니는 놀라운 모습에 따르는 자들이 늘어나고 있습니다. 주룽지 총리 부인의 난치병을 고치는 능력을 보여주자, 의심의 눈길을 보내던 인민해방군 장성들도 천녀를 받아들이려고 합니다."

"제가 알기로는 상하이방의 위세가 하늘을 찌른다고 들었습니다. 공청단과 태자당이 삼각 구도가 완전히 무너진 것입니까?"

코사크 중국정보팀의 보고에는 공청단과 태자당의 주요 인물들이 공식적인 자리에 일절 보이지 않는다고 했다.

"흠, 외부에는 알려지지 않았지만 사실입니다. 태자당과 공청단을 이끄는 인물들이 지병이나 사고사를 당했습니다."

덩샤오핑(등소평)의 총애를 받았던 공청단의 대표 주자였던 후진타오 국가부주석이 자동차 사고로 크게 다쳐 병원에 입원해 있었고, 태자당의 쩌우자화 국무원 부총리는 지병이 악화되어 사망했다.

문제는 쩌우자화를 비롯한 대다수 인물들이 사망할 정도로 중병을 앓고 있지 않았다는 것이다.

더구나 병원이나 경찰 조사에서 암살로 보이는 정황이 전혀 발견되지 않았다.

"한두 명이 아니라면 문제가 있는 것이 아닙니까?"

"합리적인 의심이 들 정도의 인원입니다. 저와 가까운 군부 인물들이 비밀리에 조사를 진행했지만, 아직 증거를 발견하지 못했습니다. 하지만 천녀가 중국을 방문할 때마다 공청단과 태자당의 인물들이 사고를 당했습니다."

조남기 부장은 천녀를 의심할 만한 말을 했다.

"그럼, 상하이방 관계자들은 사고가 없었습니까?"

"예, 그래서 의심을 할 수밖에 없습니다."

"조 부장님께서는 위험하지 않으십니까?"

"저는 어디에도 속하지 않은 중도적인 인물이라서 그들에게 위협이 되지는 않았을 것입니다."

조남기 부장은 한족이 아닌 소수민족 출신에다가 권력을

추구하는 인물이 아니었다.

더구나 상하이방과 공청단 그리고 태자당의 인물들과도 두루두루 친분이 있었다.

"말씀하신 대로 마카오에서 천녀를 마주했을 때, 그녀가 보여준 모습에서 권위와 위세가 느껴졌습니다. 그리고 천도맹이 삼합회라고는 하지만, 왠지 종교적인 색채가 아주 강했습니다."

조남기 부장은 내가 마카오에서 천녀를 만났다는 것을 알고 있었다.

"흠, 심각한 문제입니다. 삼합회 인물들마저 빠져들 정도면, 정치인들이라고 해서 천녀에게 벗어날 수 없을 것입니다. 종교를 인정하지 않는 공산당이라고 해도 눈으로 보고, 귀로 들은 것을 부인할 정도로 강력하지는 않습니다. 문제는 천녀가 정치에 관여하는 순간, 중국은 자칫 분열할 수 있습니다."

"중국이 분열할 수 있다는 말씀입니까?"

옆에서 이야기를 듣고 있던 이승범 대장이 심각한 표정으로 물었다.

"내가 한 이야기는 절대 외부로 노출되어서는 안 됩니다."

조남기 부장은 나와 이승범 대장을 번갈아 쳐다보며 말했다.

"물론입니다."

"절대 발설하지 않겠습니다."

"그럼, 두 분을 믿고 말씀드리지요. 우리 한민족에게 큰 영향을 끼칠 수 있는 사건이 일어날 수도 있습니다. 현재 중국 인민군 장성 중 상당수가 천녀에게 빠진 정치국 상무위원들의 행위에 분노하고 있습니다. 겉으로는 이러한 모습을 드러낼 수 없지만 말입니다. 중국을 위험에 빠뜨릴 수 있는 상황이 되면 인민해방군이 움직일 수도 있습니다."

조남기 부장의 입에서 나온 말은 충격적인 내용이었다.

중국을 움직이고 있는 7명의 정치국 상무위원들의 행동을 군부의 장성들이 좋게 보지 않는다는 말이었다.

"쿠데타를 말씀하시는 것입니까?"

중국 인민해방군은 국가의 군대가 아닌 공산당의 군대였다.

더구나 중국 최고 권력 기관으로 불리는 공산당 군사위원회는 국가주석이 기관장을 겸직하고 있다.

중앙군사위원회 주석은 중국군의 통수권을 가지고 있기 때문에 중화인민공화국의 최고 지도자로 불린다.

중앙군사위원회에는 11명의 중앙군사위원이 있다.

"쿠데타를 준비하는 것이 아닙니다. 각자도생을 준비한다고 하는 말이 맞을 것입니다."

"그게 무슨 뜻입니까?"

"당 지도부가 중앙군사위원에 속한 장성들의 충고를 받아들이지 않는다면, 4개 이상의 군구가 자체적인 힘을 통해서 독립을 취할지도 모릅니다."

중국 인민해방군은 7개 군구로 나누어져 있다.

베이징 군구는 수도 방위를, 선양 군구는 러시아와 북한을 포함한 동부 지역을 관할하며, 지난 군구는 전략 예비군으로 서해를 관할하고, 난징 군구는 대민 및 동중국해를 담당하며, 광저우 군구는 남중국해를 관할한다.

란저우 군구는 신장위구르 지역을 포함한 중앙아시아를 방어하며, 청두 군구는 티베트, 쓰촨성, 충징시 등을 관할한다.

'각 지역이 독립한다고……'

"그게 가능한 일입니까? 인민해방군은 철저하게 중앙군사위원에 충성하지 않습니까?"

중국 인민해방군은 다른 나라 군대와 달리 국방비뿐만 아니라 군수 기업과 호텔, 부동산 회사, 출판사, 병원 등을 운영하고 있었다.

이는 방대하게 늘어난 군을 떠받칠 국가 재정의 파탄으로, 1980년대 자체 예산 삭감과 함께 기업식 영리사업을 장려했다.

이제는 문어발식 영업 확장으로 수많은 사업체를 거느린 집단이 되었다.

이 때문에 각 군구마다 자체적인 영향력이 상당했다.

"우리가 충성하는 것은 당과 인민입니다. 천녀에게 현혹되어 인민의 뜻을 거스르는 행위는 절대 용서할 수 없는 일입니다."

조남기 부장은 내 질문에 의미심장한 말을 던졌다.

"이러한 사실을 우리에게 알려주시는 이유가 있으십니까?"

절대 외부로 알려지면 안 되는 이야기였다.

이 이야기가 밖으로 새어 나가면 수많은 사람들이 숙청을 당할 것이다.

"제가 도움을 받을 수 있는 사람이기 때문입니다. 강 회장님께서는 러시아에서도 막강한 힘을 발휘하고 계시지 않습니까?"

조남기 부장은 내가 룩오일NY를 이끄는 표도르 강이라는 사실을 알고 있었다.

"강 회장님과 조 부장님을 만나게 하려고 제가 알려 드렸습니다."

함께한 이승범 대장이 말했다.

그는 내가 러시아에서 진행하는 일들에 대해 어느 정도 알고 있었다. 이승범 대장 또한 내가 믿는 사람 중 하나였다.

"좋습니다. 제가 어떻게 하길 바라십니까?"

"베이징에서 열리는 중앙군사위원회 회의 때 장쩌민 주석에게 천녀의 문제를 공식적으로 제기할 것입니다. 그때에도 문제가 시정되지 않는다면 행동으로 옮길 수밖에 없습니다. 만약 인민해방군이 움직이면……."

조남기 부장은 뜻을 같이하기로 한 해당 군구에 대해서 말해주었다.

중국 지도부에 반기를 드는 군구는 선양 군구와 란저우 군구, 청두 군구, 광저우 군구였다.

베이징 군구와 지난 군구, 난징 군구는 확고하게 상하이방 아래에 놓여 있었다.

중국의 역사 중에는 여자가 정치에 개입하여 망한 왕조들이 적지 않았다.

천녀가 다시금 중국을 분열로 이끌 열쇠가 될 줄은 전혀 상상하지도 못한 일이었다.

Chapter 7

　조남기 총후근부장이 돌아간 후 이승범 대장은 별도로 나와 만남을 가졌다.

　"조남기 부장의 말이 사실이라면 이건 보통 일이 아닙니다."
　"예, 저도 듣고 있는 상황에서도 믿기 힘들었습니다. 조 부장의 말처럼 중국이 분열한다면 한반도에도 막대한 영향을 줄 것입니다."
　"핵폭탄이 서울과 평양에 터진 것과 같은 영향입니다. 중국이 분열하면 동북아의 질서는 이전과는 전혀 다른 상황으로 변화합니다. 어쩌면 이 일이 우리 민족에게 잃어버린 간도와 만주를 찾게 해줄 수도 있는 기회가 될 수도 있습니다."

"저도 그렇게 생각했습니다. 그런데 미국이 개입하지 않겠습니까?"

"미국이 개입하면 러시아가 자동으로 개입할 수밖에 없는 명분을 줍니다. 자칫 전쟁이 커지면 3차 세계대전으로 갈 수도 있습니다. 미국의 개입을 최소한으로 하는 것이 우리가 해야 할 일입니다. 만약 개입이 있더라도 광저우나 난징 쪽으로 향하게 해야 합니다."

"미국이 광저우나 난징으로 향하면 러시아가 선양이나 베이징으로 내려올 수 있는 빌미를 제공할 수 있겠습니다."

"맞습니다. 그리고 대만도 이 기회를 놓치지 않으려고 할 것입니다. 더구나 북한은 중국과 혈맹 관계가 아닙니까? 북한군의 중국 진입은 미국이나 러시아의 개입보다 더욱 자연스러운 일입니다."

남한과 미국이 동맹 관계처럼 북한은 중국과 혈맹 관계였다.

한마디로 군사적인 문제가 발생하면 양국은 자동으로 개입할 수 있다.

"북한군을 투입할 명분이 있다는 말씀이군요."

"조남기 부장도 그걸 염두에 두고서 한 말일 것입니다. 만약 우리가 생각하는 일이 벌어진다면 북한군은 동북 3성으로 올라가야 합니다. 지리적 여건도 그렇고 국군은 중국의 요청이 없는 이상 개입하기 힘듭니다."

"그럼, 기계화부대를 중국 국경으로 이동해야 하는데, 명분이 없습니다."

중국이 분열하여 내전에 들어간다면 즉각적으로 행동하기 위해서는 중국과 맞닿은 국경에 정예 병력을 배치해야만 했다.

자칫 발 빠르게 국제사회의 개입이 있게 되면 북한군이 움직일 수 없을 수도 있었다.

"신의주특별행정구를 이용하면 됩니다. 특별행정구의 보호를 위한 훈련을 가장해서 말입니다."

신의주특별행정구는 북한과 별도의 지역이지만 북한군의 보호를 받을 수 있었다.

"하하하! 그게 좋겠습니다. 이전에도 특별행정구에 군사적인 문제가 발생했으니, 중국에서 문제 삼지 않을 것입니다. 저는 곧장 김평일 주석을 만나러 가겠습니다."

내 말에 이승범 대장은 밝게 웃으며 말했다.

"조남기 부장이 움직이기 전까지 이 일은 김평일 주석만 알게 하십시오. 이 이야기가 중국으로 흘러들어 가면 오히려 역공을 당할 수 있으니까요."

"물론입니다. 공화국에도 중국의 쥐새끼들이 포진해 있습니다."

중국의 첩자들이 북한에도 적잖게 활동하고 있었다.

*   *   *

신의주특별행정구에서 곧장 블라디보스토크로 넘어갔다.

중국에서 군사적인 문제가 발생할 수도 있는 상황에서 그에 대해 대비를 해야만 했다.

블라디보스토크에는 나에게 충성하는 러시아 해병대 1개 사단이 주둔하고 있었다.

러시아 해병대는 많은 숫자는 아니었지만, 나의 도움으로 인해서 최신 무기와 물자 보급이 이루어졌다.

푸틴과 크렘린 관계자들이 진행했던 쿠데타를 진압하는 데도 큰 힘이 되어준 부대이다.

러시아 해병대 중 1개 여단은 수도인 모스크바 방어를 위해 배치되어 있지만, 사실상 나와 룩오일NY를 보호하기 위해서다.

이와 함께 흑해와 발트해 그리고 카스피해에 각각 1개 여단씩 배치되어 있었다.

해병대 사령부에 들어서자마자 티코모로프 해병대 사령관

이 날 영접하러 나와 있었다.

"다시 보게 되어 영광입니다."

나에게 경례를 올리는 티코모로프 사령관은 강인한 군인이
자 누구보다 해병대를 아끼고 사랑하는 인물이다.

소비에트연방이 해체되면서 지원이 해병대에 대한 지원이
끊기자 티코모로프는 해병대를 떠날 생각을 했다.

하지만 나로 인해 러시아 해병대가 다시 태어나자, 누구보다
도 기뻐하며 나를 전적으로 따르고 있었다.

현재 러시아 해병대는 국가 지원과 함께 룩오일NY에서도
지원을 받고 있다.

"잘 지내고 있었나?"

"회장님의 적극적인 지원 덕분에 잘 지내고 있습니다."

"이제 해병대가 움직일 때가 온 것 같아."

"말씀만 하십시오. 미국이라도 상륙할 준비가 되어 있습니
다."

티코모로프의 말은 허풍이 아니었다.

명령이 내려지면 무슨 수단을 쓰더라도 미국에 상륙할 방
법을 찾을 것이다.

"하하하! 역시, 티코모로프 사령관은 항상 준비가 되어 있어.
자, 들어가서 이야기하자고. 부를라코프도 오기로 했으니까."

부를라코프는 러시아 공수부대 사령관이었다.

이와 함께 러시아 특수전사령부를 이끄는 코베츠가 모스크바에서 날아오고 있었다.

*   *   *

시스코시스템스를 이용한 대산그룹의 전략은 나눔기술의 하락세를 멈추게 했다.

8만 원 아래까지 떨어졌던 나눔기술은 이틀간의 상한가 행진으로 10만 원을 다시금 회복했다.

장이 시작되는 월요일이 기대될 정도로 장이 마감한 금요일에 상한가 잔량이 8백만 주에 달했다.

"이제야 한숨을 돌릴 수 있게 되었어."

편안한 옷차림으로 오랜만에 술집을 찾은 이중호는 박성호 나눔기술 대표를 보며 말했다.

"기사가 아주 잘 나왔어."

그러나 말을 하는 박성호는 표정이 썩 좋지는 않았다.

그를 배제한 채로 시스코시스템스와의 일을 진행했기 때문이다.

"일을 하려면 이렇게 확실히 하라고. 이동영은 뭐래?"

이중호는 나눔기술의 주가를 조작하는 이동영과 끈을 놓지 못하고 있었다.

"5일 상한가는 충분히 갈 수 있게 하겠다고 했어."

"이번 주뿐만 아니라 다음 주도 상승세를 이어가게 만들어야지. 어느 세월에 30만 원에 도달하겠어."

"아직 확인되지 않은 일이라서, 조금은 조심스럽다고 해서 말이야."

"없으면 만들어야지. 우린 지금 죽느냐 사느냐 갈림길에 서 있는 거야. 다음커뮤케이션과의 합병 건을 진행해 봐."

"다음하고 합병을 한다고?"

이중호의 말에 박성호가 놀라 물었다.

다음과의 합병은 한 번도 들어보지 못한 말이었기 때문이다.

"실제로 합병하는 것이 아니라 움직임만 보이게끔 하란 말이야."

"아! 이번 시스코 건처럼 말이지."

"이제야 말귀를 알아듣네. 주가를 움직이는 주체가 우리라면, 주가를 받치는 것은 개미들의 욕심과 허영이야. 우린 개미들의 먹잇감을 그럴싸하게 포장해서 보여주기만 하면 되는 거야."

"증권거래소에서 문제 삼지는 않겠지?"

박성호는 조심스럽게 물었다.

한국증권거래소 내에는 시장감시위원회를 통해서 불공정거래와 이상 징후를 감시하고 있었다.

"다음하고 접촉하면 되잖아. 그쪽도 우리 같은 문제로 어려움을 겪고 있으니까. 난 거짓을 이야기하라고는 안 했어."

미국 나스닥의 기술주들이 추락하면서 코스닥을 대표하는 종목들도 큰 폭으로 동반 하락 하자 투자자들의 항의와 함께 주가 관리를 요구받고 있었다.

일주일 사이 고점에서 많게는 50%까지 떨어진 주식들은 투자자들이 회사로 찾아가 난리를 피우기도 했다.

'너무 쉬운 길로만 가는 것이 아닌지 모르겠어……'

"오케이! 확실히 회장님께서는 보는 시야가 달라."

박성호는 속마음과 다른 말이 흘러나왔다.

처음 이중호와 손을 잡고서 나눔기술을 키울 때는 다른 벤처기업처럼 기술력으로 승부를 보려고 했다.

하지만 점점 나눔기술의 덩치가 커지고 돈의 단위가 달라지자 이전에 가졌던 도전 정신과 기술력보다는 편법과 속임수로 일관하고 있었다.

이젠 나눔기술이 가진 기술력과 영업력의 한계를 화려한 포장지로 가리고 있을 뿐이다.

러시아 군부가 조용히 움직이기 시작했다.

모스크바 군구에 속한 공격헬기연대와 강습수송헬기연대가 극동 군구로 이동했다.

이와 함께 시베리아 군구에 속한 공수여단과 대전차여단이 극동 군구로 남하하기 시작했다.

북캅카스 군구에 속한 포병여단과 대천자여단 또한 극동 군구 이동 중이었고, 체첸 방위군에 속한 공수여단과 차량화 소총사단도 체첸을 떠났다.

러시아의 공군과 해군도 바빠졌다.

중국과 국경을 맞대고 있는 지역의 공군기지로 Su-35기 수십 대가 연달아 착륙했다.

이와 함께 블라디보스토크에 정박 중인 전술 핵잠수함 2대가 동해로 출항했다.

이 전술 핵잠수함에는 사거리 600㎞에 달하는 그라니트 순항 미사일이 장착되어 있었다.

그라니트 미사일은 대형 함정을 단숨에 파괴할 수 있는 파괴력을 지녔다.

이러한 러시아의 움직임에 미국이 의심의 눈길을 보냈지만, 러시아 국방부는 통상적인 전술 훈련이라는 말을 할 뿐이었다.

북한군도 움직이기 시작했다.

북한이 자랑하는 류경수 제105 땅크사단과 620포병군단, 그리고 4군단 산하 부대들이 훈련을 핑계 삼아 신의주로 올라왔다.

이와 함께 특수부대인 저격여단 또한 비밀리에 의주군에 도착했다.

김평일이 주석으로 올라선 이후 북한군에서 펼친 가장 큰 훈련이자 대규모 부대 이동이었다.

동해에 포진해 있던 북한의 디젤 잠수함들도 비밀리에 분해되어 서해로 보내졌다.

서해에 배치된 고속정부대들도 한동안 진행되지 않았던 실탄사격 훈련을 재개했다.

"북경의 러시아 대사관이 움직이고 있습니다. 이와 함께 조남기 부장에게 코사크 경호 요원들이 합류했습니다."

코사크 정보센터를 맡고 있는 쿠즈민의 보고였다.

코사크와 러시아연방안전국(FSB)의 모든 역량이 중국으로 집중되고 있었다.

"무엇보다도 조남기 부장의 안전이 최우선이 되어야 해. 중국에서 어떤 일이 벌어질지 모르는 상황이니까."

코사크 경호원에 대한 거부감을 보였던 조남기 부장도 상황이 점점 좋지 않은 쪽으로 흘러가자 경호원을 받아들였다.

"극동 지역을 담당하는 정보센터 요원들도 모두 중국으로 투입되었습니다."

남북한은 물론 일본과 대만을 담당하던 요원들 모두가 중국에 집결했다.

코사크의 눈과 귀가 모두 중국에 집중된 것이다.

"중국 군부의 움직임은 어떻지?"

"현재까지 특별한 상황은 발견되지 않았습니다. 하지만 회장님의 말씀처럼 선양, 란저우, 청두, 광저우 군구의 병력 이동은 활발합니다."

4개 군구는 통상적인 대응 훈련을 핑계로 병력이 이동 중이었지만, 베이징 군구와 지난 군구 그리고 난징 군구는 조용했다.

베이징의 지도부도 4개 군구의 움직임에 의심의 눈길을 보내지 않았다.

"돌발적인 상황에 대비해야 해. 우린 지금 태풍의 눈 한가운데 들어온 상황이니까."

조남기 총후근부장의 말이 틀릴 수도 있었다.

아니 중앙군사위원의 말을 장쩌민 주석이 받아들인다면 조남기 부장이 이야기한 일들이 벌어지지 않을 것이다.

그러나 만에 하나 일이 터진다면 신속하게 움직이는 쪽이 승자가 될 수 있었다.

*   *   *

새롭게 미 태평양사령부의 사령관으로 임명된 파고 대장이 주간 보고를 받고 있었다.

"러시아와 북한군 전차사단이 중국 국경지대로 병력을 이동했습니다."

미국 태평양 사령부는 전에 없는 러시아와 북한의 움직임을 예의 주시하고 있었다.

"놈들이 무슨 수작을 벌이려고 하는 거지? 이번 주에만 몇 번을 이동하는 거야?"

미 태평양사령부를 이끄는 파고 대장이 정보부서를 맡고 있는 존슨 대령의 보고를 들었다.

"기존의 훈련과는 다른 대규모 병력 이동입니다. 더구나 최신 장비를 갖춘 부대들이 대부분이었습니다."

존슨 대령은 위성사진에 나와 있는 사진들을 가리키며 말했다.

"흠, 우리가 모르는 뭔가가 있는 것 같은데… 왜 하필 중국 국경 지역이지?"

파고 대장은 연일 계속되고 있는 러시아와 북한의 대규모 병력의 움직임이 마음에 걸렸다.

휴전선 지역의 병력 감축까지 이루어진 상황에서 북한이 남한을 무력 침공하려는 움직임은 아니었다.

북한은 휴전선에서 철수한 병력을 후방 지역을 순환 배치하고 있었고, 이번 훈련도 그러한 계획 중 하나라고 발표했다.

"중국의 국방력이 날로 증대되고 있기는 합니다. 공식적으로 발표하는 국방비의 3~4배를 더 사용하는 것으로 알려졌으니까요."

중국군이 사용하는 국방비는 정확한 통계가 없었다.

중국 정부가 임의로 발표하는 국방비로는 현재 군사력을 유지할 수 없는 수준이었다.

"물론 그렇기는 하지만, 갑작스러운 움직임이 싫은 거야. 돈이 없어서 핵잠수함까지 해체하는 러시아가 계획에도 없는 대규모 훈련을 한다는 것이 좀 이상하잖아."

"러시아의 경제력이 올해 들어 상당히 회복한 것으로 보입니다. 이 정도 규모의 훈련은 저희가 진행하는 훈련과 비슷한 수준이라 볼 수 있습니다."

작전참모인 러크 소장의 말이었다.

러시아를 생각했을 때 대규모라는 것이지 미국에 비춰봤을 때는 통상적인 훈련이었다.

"흠, 그동안 우리가 러시아를 우습게 생각했다는 말인가?"

파고 대장이 러크 소장을 보며 되물었다.

"러시아군의 감축이 상당히 이루어진 것은 사실입니다. 운영자금이 없어서 버려지다시피 한 함정들도 많았습니다. 하지만 작년부터 극동 군구에 새로운 최신 무기와 함정들이 공급되기 시작했습니다. 방만하게 운영되던 군 조직이 슬림화되면서 전력을 집중화하는 방식으로 전환된 것입니다."

"흠, 선택과 집중을 했다는 말인데. 그러한 결과로 나타난 움직이라는 건가?"

"러시아는 중국과 군사 협력 관계에 있지만, 두 나라는 몇 차례 무력 충돌한 적이 있기 때문에 충분히 이러한 훈련을 할수 있다고 생각합니다."

"러시아는 그렇다고 해도 북한의 움직임은 어떻게 봐야 하지?"

"신의주특별행정구에 대한 지배력 확보를 염두에 둔 것 같습니다. 언제든지 북한이 다시금 실효 지배할 수 있다는 것을 대내외에 과시하는 모양새를 보여주려는 조치라고 생각됩니다."

"신의주특별행정구가 독립적인 형태를 취하고는 있지만, 저도 만약의 사태를 대비하기 위한 김평일의 전략이라고 여겨집니다. 지금 북한의 경제를 이끄는 것은 신의주특별행정구라고 해도 무방합니다. 이곳이 잘못되면 북한 경제는 나락으로 떨어질 정도로 큰 충격을 받을 수 있습니다."

러크 소장과 존슨 대령이 연달아 자신의 의견을 이야기했다.

"충분히 진행할 수 있는 훈련이라고 본다는 건가?"

"예, 러시아와 북한군의 움직임이 동시에 이루어지긴 했지만, 두 나라가 군사적인 협조를 진행할 이유와 상황은 아닙니다. 그런 정황도 전혀 없습니다."

러크 소장이 자신 있게 대답했다.

지금 두 나라가 보여준 움직임은 중국을 겨냥하고 있었지만, 러시아와 북한이 중국을 침공할 이유도 없었고, 그럴 상황도 아니었다.

그들의 공통의 적은 얼마 전까지 중국이 아닌 미국이었다.

"좋아, 두 나라가 중국을 잠정적인 적국으로 인식하고 있다는 것에 초점을 두는 것으로 끝내지. 하지만 전에 없는 훈련이 시작되었다는 것은 군사력 강화 움직임으로 이어질 수도 있다는 것을 염두에 두고 관찰해."

두 사람의 이야기를 들은 파고 대장은 러시아와 북한군의 움직임을 특별 경계 태세로 보지 않기로 했다.

사실 파고 사령관은 러시아의 군을 이전의 소련군처럼 강력한 존재로 보지 않고 있었다.

미군 태평양사령부는 극동과 태평양 지역을 담당하는 사령부로 거느리고 있는 군사력이 실로 막강했기 때문이다.

태평양사령부 휘하의 병력은 총 37만 5천 명에 달하는 예하 부대들 하나하나가 웬만한 나라의 국방력과 맞먹는 군사력을 보유하고 있다.

그렇기 때문에 언제든지 러시아나 북한군을 박살 낼 자신감이 있었다.

태평양사령부의 해군력은 일본 요코스카에 본부를 두고 있는 제7함대와 샌디에이고에 본부를 두고 동태평양을 책임지는 제3함대가 있다.

공군력으로는 알래스카에 있는 제11비행단, 일본 요코다에 있는 제5공군, 하와이에 있는 제13공군, 한국 평택에 있는 제7공군 등이 있으며, 해병 전력으로는 캘리포니아에 주둔하는 제1해병원정단과 일본 오키나와에 있는 제3 해병원정단 등이 있다.

육군 전력은 하와이와 알래스카에 있는 태평양육군과 주한미군 그리고 주일미군 등이 있었다.

지구상에 있는 최강의 군사력을 가진 곳이 바로 이곳, 태평양사령부였다.

Chapter 8

　베이징에 도착한 화린은 터질 것 같은 머리를 부여잡으며 괴로워했다.

　그녀의 몸에 자리 잡은 천녀와 몸을 차지하기 위한 싸움이 본격적으로 벌어졌다.

　"아악! 날 괴롭히면 그냥 죽어버릴 거야!"

　'네가 날 통제할 수 있을 거라 여겼느냐?'

　머릿속에서 생생하게 들려오는 목소리의 주인공은 화린이 섬겼던 천녀였다.

"헉헉! 너와 난 한배를 탄 거야. 그러니까 잠자코 있으란 말이야!"

이마에서 식은땀이 비 오듯 쏟아지는 화린은 거친 숨을 몰아쉬며 말했다.

마치 드릴로 머릿속을 헤집는 듯한 고통이 머리를 강타했다.

'너의 의지로는 나의 강함을 통제하지 못하느니라. 네가 힘을 쓸수록 네 육체는 망가져 갈 뿐이야.'

"헉헉! 아니, 난 충분히 감당할 정도로 강해. 네가 날 괴롭히지만 않는다면 말이야."

화린은 힘겹게 의자에 기대며 말했다.

천녀의 말은 틀린 이야기가 아니었다.

주체할 수 없을 정도로 강한 기운을 몸 밖으로 쏟아내고 나면 얼굴과 몸이 나이가 든 것처럼 변해 있었다.

'후후! 예인과 너는 그릇이 달라. 지금이라도 늦지 않았으니, 예인을 찾아서 날 그녀에게 넘겨줘.'

"아니, 넌 나에게 복종해야 해. 아니면 너와 난 이 세상에서 사라지게 될 거니까."

'……'

화린의 말에 천녀는 대답이 없었다.

스스로 잠을 청한 것인지 화린을 괴롭히던 고통이 거짓말처럼 사라졌다.

"빨리 일을 시행해야 해."

화린은 천녀를 제압할 힘을 중국에서 찾고자 했고, 그 해답을 얼마 전에 찾았다.

자신에게 복종하게 된 파옹을 통해서 인격체를 평생 잠들게 하는 방법을 말이다.

해답은 진시황 능에서 새롭게 발굴된 천의대향로였다.

화린은 자신을 완전히 숭배하게 된 장쩌민 주석을 통해 진시황 능에서 나온 천의대향로를 손에 넣을 계획이다.

천의대향로에 남아 있는 불로초의 향을 맡는다면 천녀를 영원히 잠재울 수 있었기 때문이다.

*   *   *

"오후 2시에 중앙군사위원회의가 베이징에서 진행됩니다."

김만철 경호실장이 보고했다.

무슨 이유인지는 모르지만, 원래 일정보다 회의가 하루 뒤로 연기되었다.

"오늘 모든 일이 결정됩니다. 중국군의 움직임을 면밀히 관찰해야 합니다."

"예, 모든 정보망을 총동원하고 있습니다."

"조남기 부장의 신변의 안전에도 만전을 기해야만 합니다. 그가 없으면 선양 군구의 도움을 받을 수 없습니다."

"근접 경호를 위해서 고려인 경호 요원들을 배치했기 때문에 중국 측 의심을 받지 않을 것입니다."

코사크에서 가장 뛰어난 요원들을 선발했고, 그중 동양인으로 보이는 고려인들로 배치했다.

"잘하셨습니다. 장쩌민 국가주석이 중앙군사위원들의 반발에 언짢아한다는 말이 흘러나오고 있습니다. 공청단과 태자당의 인물들을 제거한 것처럼 자신의 권력을 흔들 만한 요소를 제거하려고 할지도 모릅니다."

"오늘 회의가 상하이방의 세력을 견제할 수 있는 마지막 기회가 될 것입니다. 장쩌민 주석과 상하이방이 군부 개혁을 내세우면서 중앙군사위원의 숫자를 줄이려 한다는 소문이 돌고 있습니다."

코사크 정보센터장인 쿠즈민의 말이었다.

조남기 부장을 비롯한 11명의 중앙군사위원 중, 일곱 명이 장쩌민 주석에게 천녀의 문제를 제기했다.

그러자 권력을 장악하고 있는 장쩌민 주석과 상하이방은 중앙군사위원들의 숫자를 일곱 명으로 줄이려는 계획안을 마련 중이었다.

일곱 명의 중앙군사위원들을 장쩌민 주석의 측근들로 채우려는 시도였다.

"군부를 완벽하게 자신의 휘하에 두겠다는 말이야. 중국 군부가 움직이지 않는다면 장쩌민 주석은 천녀를 내세워 죽을 때까지 중국을 다스리겠지."

장쩌민 주석과 천녀는 서로를 이용하여 자신의 권력을 굳건히 하려는 모습을 보였다.

하지만 어느 순간부터 장쩌민 주석은 천녀를 맹목적으로 신봉하는 인물로 바뀌었다.

"장쩌민 주석이 천녀의 문제를 받아들이지 않는다고 해서, 네 개 군구가 실제로 움직일 수 있는지가 문제입니다."

각 군구을 이끄는 사령관은 대장급으로 인민해방문의 최고 실세였지만, 중앙당에 반기를 들 수 있을까 하는 의구심도 들었다.

"조남기 부장과 함께하기로 한 란저우와 청두, 광저우 군구의 사령관의 군구 장악 능력은 충분히 거사를 진행할 수 있을 것으로 판단하고 있습니다."

김만철 경호실장의 말에 쿠즈민 정보센터장이 답했다.

코사크 정보센터는 중국 일곱 개 군구 사령관에 대한 정보 조사를 면밀하게 진행했다.

"우리의 준비는 끝났습니다. 중국이 분열한다면 우리에게는 전에 없는 기회가 될 것입니다. 문제는 이 분열이 파괴적인 형태의 전쟁으로 이끌게 해서는 안 됩니다. 최소한의 무력 상용을 통해 각 군구가 독립하여 새로운 나라의 형태로 갈라서는 것이 최상의 시나리오입니다."

중국이 소모적인 형태의 내전이나 제2차 세계대전처럼 수많은 나라가 전쟁에 휘말리는 것은 엄청난 피해와 사망자가 나올 수 있기 때문이다.

자칫 잘못하면 남북한 모두가 전쟁에 휘말려 한반도 또한 전쟁터가 될 수 있었다.

"그런 일이 일어나지 않도록 최선을 다해야지요."

내 말에 김만철 경호실장은 굳은 얼굴로 말했다.

"이번 일은 남북한 지도자와 군을 움직이는 몇몇 인물들 외에는 알지 못합니다. 우리의 선택이 최선이 될 수 있도록 신께 기도하는 것도 잊지 말아야 합니다."

우리 민족이 다시금 만주를 지배할 수 있는 절호의 기회였다. 그러나 잘못되면 그에 상응하는 대가를 치를 수도 있는 일이기도 했다.

*   *   *

중앙군사위원회의가 시작되자마자 거친 고성이 오고 갔다.

중앙군사위원회 주석인 장쩌민은 30분 정도 늦어진다는 연락을 해왔다.

"공산당 강령에서도 어긋나는 일입니다. 한나라를 이끄는
주석이 천녀라는 무당에 휘둘린다는 것이 말이 됩니까?"

작심한 듯 발언하는 류위안 장군은 광저우 군구를 담당하
고 있었다.

류위안 장군은 태자당 출신으로 상하이방 권력 강화에 크
게 반발하는 인물 중 하나였다.

"말조심하시오! 이 나라가 올바르게 나아가기 위해 물심양
면으로 애쓰는 분을 그런 식으로 말하는 것은 불경한 일이
오."

장쩌민 주석의 측근인 궈보슝 중앙군사위원회 부주석이 류
위안 장군을 향해 소리치듯 말했다.

쉬치량 또한 천녀를 신봉하게 된 인물이다.

"우린 이 나라와 인민을 위해 봉사하는 자들입니다. 천녀가
이 나라를 혼들리는 모습은 더는 용납할 수 없는 일입니다."

또 한 명의 부주석인 장유샤가 궈보슝의 말에 반발하며 말
했다. 그는 공청단 출신이었다.

"지금 하신 말씀은 천녀님을 제대로 알지도 못하면서 하는
말입니다. 저 또한 천녀님을 하나의 무당으로 생각했지만, 이
는 크게 잘못된 것입니다. 그분은 천 년 전부터 이 땅에 머물

고 계신 분입니다."

베이징 군구를 책임지고 있는 먀오화 중앙군사위원회 위원
은 아예 천녀님이라 호칭하며 그녀를 칭송하는 말을 했다.

탁!

"중앙군사위원회 위원이라는 분의 입에서 어떻게 그런 말이
나올 수 있습니까? 그 말은 우리 공산당을 위태롭게 할 수 있
는 말입니다."

조남기 인민해방군 총후근부 부장은 회의 탁자를 강하게
내리치며 말했다.

"위태롭게 하는 것이 아니라 이롭게 하는 것입니다. 천녀님
이 함께 하면 대만도 조만간 우리의 품으로 돌아올 것입니다.
그것은 곧 하나의 중국을 이룩하는 위대한 길입니다."

리쭤청 위원이 조남기 부장의 말에 반박하듯이 말했다.

그 또한 천녀를 신봉하는 인물로 난칭 군구를 담당하고 있
었다.

"천녀가 속한 천도맹은 폭력 조직인 삼합회일 뿐입니다. 천
녀는 중국을 하나가 되게 하는 것이 아니라 분열시킬 뿐입니
다."

청두 군구를 맡고 있는 팡펑후이 위원의 말이었다.

회의 참석한 10명의 중앙군사위원회 위원들은 일치에 양보
도 없이 설전을 벌였다.

회의가 지속할수록 확연히 천녀를 반대하는 쪽과 받드는 쪽이 확연히 구별되었다.

"말도 안 되는 미신을 신봉하는 인물들은 더 이상 중앙군사위원회에 머물게 해서는 안 됩니다!"

장유샤 부주석이 격분하여 소리를 지르며 말했다.

그때였다.

기다리던 장쩌민 주석이 한 여자와 함께 회의실로 들어왔다.

그녀는 다름 아닌 상하이방이 숭배하는 천녀였다.

이 모습에 중앙군사위원회에 속한 위원들은 경악을 금치 못했다.

그러나 상하이방 출신과 천녀를 따르는 인물들은 아무렇지 않다는 표정이었다.

"여긴 민간인이 들어올 수 없는 곳입니다."

조남기 총후근부 부장이 놀란 표정으로 말했다.

"천녀께서는 공산당에 가입했습니다. 앞으로 중앙군사위원회뿐만 아니라 중앙정치국 상무위원회도 참석할 것입니다. 그리고 중요한 것은 이 자리에 있는 사람들 중 공산당과 인민을 배신하려는 자들이 있습니다."

조남기 부장의 말에 아랑곳하지 않고 장쩌민 주석은 자신감 넘치는 말투로 말했다.

"그게 무슨 말입니까?"

장유샤 부주석이 불안한 표정으로 물었다.

창두 군구와 란저우 군구, 광저우 군구, 선양 군구의 장성들이 합심하여 천녀를 숭배하는 상하이방에게 대항하기로 했기 때문이다.

이러한 계획을 철저하게 비밀에 부쳤고, 이번 중앙군사위원회의를 기점으로 행동으로 옮기려고 했다.

"위대한 인민과 공산당을 배반한 인물을 데리고 와."

장쩌민 주석의 말에 열린 문을 통해서 중앙군사위원회 연합참모부 참모장인 우성리가 계급장이 떼어진 채 끌려왔다.

우성리는 독립을 준비하는 4개 군구의 작전 계획을 짠 인물이다.

우성리의 등장으로 4개 군구 담당하는 군사위원들의 표정이 순식간에 굳어졌다.

"인민의 배신자인 우성리의 입을 통해서 우리 공산당을 전복시키려고 한 인물들의 이름을 듣겠다."

장쩌민 국가주석의 말이 떨어지자마자 고개를 떨군 우성리 참모장의 입이 열렸다.

"장유샤, 조남기, 류위안, 팡펑후, 마샤오톈……."

우성리 참모장의 입에서 이름이 불린 인물들은 절망한 표정으로 고개를 떨구었다.

"이름을 불린 놈들을 모두 체포해!"

장쩌민 주석의 말이 떨어지자 중국공산당 중기위(중앙기율검사위원회) 요원들이 회의실로 들어와 일곱 명의 인물들에게 향했다.

중기위는 중국 공산당 내 관리들의 부정부패와 위법 행위를 조사 감찰하는 기관이다.

"인민과 공산당을 배신한 것은 장쩌민 주석이오! 세상을 어지럽히고 인민을 속이는 행위를 하는 천녀는 지금 당장 공개처형 해야 마땅합니다!"

중기위 요원들이 다가오자 조남기 총후근부 부장이 자리에서 일어나며 소리쳤다.

그 순간 천녀가 자리를 박차고 날아올라 조남기 총후근부 부장 앞에 내려섰다.

천녀는 마치 하늘을 나는 듯한 모습을 연출했다.

"위대한 중국을 갉아먹는 너희 같은 벌레들이 사라져야만, 이 세상을 중국이 지배할 수 있느니라. 세상은 이제 업화(業火)의 길로 들어섰느니라. 그 시작이 너희를 제물로 바침으로써……"

천녀라 불린 화린은 갑자기 말을 잇지 못했다.

그러고는 갑자기 비명을 질러대며 머리를 부여잡았다.

"아아악!"

갑작스러운 상황에 회의실에 있는 사람들 모두가 멍한 표정으로 천녀를 바라보았다.

"왜 그러십니까?"

"켁!"

쿵!

걱정스러운 눈길로 천녀에게 다가가던 귀보숭 부주석이 가슴을 부여잡으며 쓰러졌다.

놀랍게도 천녀가 귀보숭 부주석의 가슴을 꿰뚫어 버렸다.

그 모습을 바라보던 중기위 요원들이 권총을 꺼내 들려는 순간, 괴로운 신음성을 내지르며 천녀가 움직였다.

그러자 중앙군사위원회 회의실은 비명 소리로 가득 차기 시작했다.

                    *   *   *

"베이징에서 변고가 발생했다고 합니다."

김만철 경호실장이 급하게 회장실로 들어오며 말했다.

"어떤 일입니까?"

"아직 상황이 파악되지 않고 있지만, 중앙군사위원회의가 열린 장소로 수십 대의 구급차들이 들어가는 것이 목격되었습니다. 주변 일대는 중앙경위국과 중국 공안들로 완전히 통제되었다고 합니다."

중앙경위국은 중국 국가주석과 고위 관료들을 경호하는 기관이다.

"조남기 부장은 어떻게 되었습니까?"

"아직까지 확인이 되지 않고 있습니다. 코사크 요원들이 현재 구급차들이 향한 병원을 조사하고 있습니다."

"최우선으로 조남기 부장의 생사를 확인하십시오. 지금부터 비상체제로 움직이겠습니다. 코사크 타격대가 언제든지 출동할 수 있도록 준비하십시오."

김만철 경호실장과 티토브 정 팀장에게 지시를 내렸다.

중국에서 벌어진 돌발 상황으로 인해 자칫하면 우리가 예측한 범위를 벗어날 수도 있었다.

Chapter 9

조남기 총후근부장은 부러진 왼쪽 팔을 감싸 쥐며 힘겹게 몸을 일으켰다.

중앙군사위원회가 열렸던 장소는 아비규환으로 바뀌어 있었다.

수십 명의 사람들이 비참한 몰골로 쓰러져 있었고, 여기저기 고통을 호소하는 비명이 들려왔다.

자신을 체포하려고 회의장으로 들어왔던 중기위(중앙기율검사위원회) 요원들은 모두 시체로 변해 있었다.

회의장 입구 쪽에는 십여 명의 인물들이 뒤엉켜 쓰러져 있었다.

"조 부장! 여기요."

자신을 부른 소리를 들은 조남기가 고개를 돌렸다.

그곳에는 장유샤 부주석이 회의 탁자 아래서 힘겹게 일어나고 있었다.

"부주석 동지! 괜찮습니까?"

"전, 괜찮습니다. 여길 빨리 떠나야 합니다. 언제 다시 중기위 요원들이 들이닥칠지 모릅니다."

"다른 동지들은 어떻게 되었습니까?"

조남기는 주변을 둘러보며 말했다.

그때 신음성을 내는 류위안 장군이 보였다.

류위안은 다리를 다친 것 같았다. 류위안 뒤편으로 팡펑후 위원이 쓰러져 있었다.

조남기와 장유샤 부주석이 두 사람에게 향했다.

"류 장군 괜찮습니까?"

"흐윽! 저는 괜찮습니다. 하지만 팡펑후 동지가 정신을 잃은 것 같습니다."

조남기의 물음에 류위안은 피가 흐르는 다리를 부여잡으며 말했다.

중기위 요원이 쏜 총에 의해 다리에 관통상을 입었다.

"팡펑후 위원은 숨을 쉽니다. 하지만 마샤오톈 위원은 죽었습니다."

장유샤 부주석이 팡펑후와 마샤오톈을 살핀 후에 말했다.

마샤오톈은 가슴 부위에 심한 상처가 있었다.

그때였다.

탕탕! 타타다탕!

"아악!"

멀리서 총소리와 함께 비명 소리가 연달아 들려왔다.

"여길 빨리 떠나야 합니다. 지옥에서 온 야차녀가 다시 올지 모릅니다."

류위안은 공포에 질린 표정으로 말했다.

천녀라 불린 야차녀는 사람 같지 않은 모습으로 방 안에 있는 인물들을 순식간에 쓰러뜨렸다.

입구 가까이 있던 인물들 몇몇은 피신할 수 있었지만, 대다수가 야차녀의 무시무시한 공격을 받고 쓰러졌다.

"경호원이 올 것입니다. 그래야 팡펑후 위원을 데리고 나갈 수 있습니다."

조남기 부장은 코사크 경호원이 건네준 작은 리모컨처럼 생긴 송신기를 누르며 말했다.

송신기는 위급한 상황이 발생할 때를 대비하여 준비한 것이다.

밖에서 대기하던 경호원들이 신호를 받고 건물 안으로 진입할 것이다.

"다른 위원들은 다 죽은 것입니까?"

류위안 장군이 참혹한 주변을 보며 말했다.

"대부분 사망한 것으로 보입니다. 장쩌민 주석도 죽었습니다."

입구에 쓰러져 있는 장쩌민 국가주석을 장유샤 부주석이 손으로 가리키며 말했다.

경호원들과 함께 쓰러져 있는 장쩌민 주석은 목이 뒤쪽으로 180도 돌아가 있었다.

타타다탕! 드르르륵!

또다시 요란한 총소리가 들려온 후, 얼마 뒤에 조남기 부장의 경호원과 류위안 부주석의 경호원들이 회의실에 도착했다.

경호원들은 황급히 부상자와 살아남은 중앙군사위원들을 데리고서 건물을 벗어났다.

경호원들이 황급히 향한 곳은 북경국제공항에서 북서쪽으로 25km 떨어진 사하진 공군기지였다.

*　　　　*　　　　*

"조남기 부장의 안전이 확인되었습니다. 현재 선양 기지로 귀환 중이라고 합니다."

쿠즈민 코사크 정보센터장의 보고였다.

"다행이군. 무슨 일이 벌어진 것이지는 확인되었나?"

"아직까지 정확한 이유를 확인하지 못했습니다."

"회의에 참석한 중앙군사위원회 인물들은 어떻게 되었나?"

"정확한 정보는 아니지만 6~7명 정도가 사망한 것으로 보인다고 합니다. 사망자 중에는 장쩌민 주석도 포함되었다고 합니다."

"뭐? 장쩌민 주석이 사망했다고?"

"예, 조남기 부장의 경호를 맡은 요원들이 확인했다고 합니다."

"허! 이거 보통 일이 아닌데요."

자리에 함께한 김만철 경호실장이 놀란 표정으로 말했다.

"도대체 무슨 일이 벌어졌길래. 조남기 부장이 선양 기지에 도착하는 대로 연락을 취해야겠습니다."

장쩌민 주석의 사망은 전혀 예상치 못한 일이었다.

그의 죽음으로 인해 중국이 어떤 식으로 변하게 될지 누구도 예측할 수 없는 상황이 된 것이다.

"정말 중국이 분열하는 것이 아닌지 모르겠습니다."

"모든 상황을 열어 놓아야겠습니다. 모스크바에 연락하십시오. 몰리냐를 준비하라고."

몰리냐는 벼락이라는 뜻으로 중국에 대한 군사작전을 뜻했다.

조남기 부장과 연락을 해봐야겠지만, 장쩌민 주석의 죽음은 중국의 분열을 촉발할 촉매제처럼 보였다.

*　　　　*　　　　*

조남기 부장과의 통화를 통해서 장쩌민 국가주석의 죽음을 다시 한번 확인할 수 있었다.

놀라운 것은 중국을 실질적으로 움직이는 11명의 군사 위원 중 여섯 명의 사망했다는 사실이다.

더구나 이 일을 저지른 인물이 화린의 몸으로 들어간 천녀였다는 것이 더욱 놀라움을 자아냈다.

사건을 저지른 천녀가 어떻게 되었는지는 아직 알려진 것이 없었다.

소빈뱅크는 중국 사태에 따른 여파를 분석하자마자 가지고 있는 주식들을 전 세계 주식 시장에 대거 내다 팔았다.

이와 함께 각 나라에 대한 선물 옵션과 통화 옵션, 그리고 주가지수 옵션에 대한 매도 포지션을 설정했다.

중국발 충격은 전 세계 주식시장을 폭락으로 이끌 수 있는 소재였다.

닷컴 버블이 꺼지고 있는 지금, 중국 사태는 전 세계 주식시장에 회복할 수 없는 엄청난 충격을 가져다줄 것이다.

룩오일NY와 닉스홀딩스는 비상 경영 체제에 돌입했고, 국제 곡물시장에서 밀, 옥수수, 보리, 대두, 귀리, 감자, 대두유, 설탕, 양모, 면화, 고무, 소, 돼지를 사들였다.

이와 함께 금, 은, 플래티늄, 알루미늄, 구리, 동, 주석, 니켈, 납, 구리 등을 대량으로 확보했다.

국제시장에서 전쟁 물자와 연관된 제품들을 발 빠르게 사들인 것이다.

여기에 러시아의 군수공장들이 무기와 탄약을 평소보다 서너 배의 양으로 생산하기 시작했다.

중국의 내전을 기정사실로 여긴 것이다.

*   *   *

중국 정부는 사건이 벌어진 24시간 동안 침묵했다.

중국을 이끌어가는 장쩌민 국가주석과 마샤오톈 부주석을 포함하여 중앙군사위원회 속한 11명의 인물들 중 여섯 명이 사망하는 사태가 벌어졌지만, 중국 정부와 언론은 아무런 이야기가 흘러나오지 않았다.

마치 이번 사태를 수습할 수 있는 인물들은 다 죽고 없는 것만 같았다.

그리고 사건이 벌어지고 하루가 지난 시점에서 놀라운 일이 벌어졌다.

선양 군구와 광저우 군구, 청두 군구, 란저우 군구가 베이징의 지시를 받지 않겠다고 선언한 것이다.

이들 네 개 군구는 독자적인 형태로 관할 지역의 안보와 경제를 책임질 것이라고 발표했다.

이와 함께 장쩌민 주석은 마카오의 삼합회인 천도맹의 요녀에게 빠져 중국을 위태롭게 하다가, 당사자인 요녀에게 죽임을 당했다고 말했다.

그러자 살아남은 상하이방의 리쮜청과 장성민 군사위원이 신하통신을 통해서 네 개 군구를 배신자로 규정하고 즉각적인 진압에 들어갈 것이라고 선언했다.

이와 함께 네 개 군구를 움직이는 중앙군사위원회 의원들이 장쩌민 주석과 궈보슝 부주석을 암살했다고 공식 발표했다.

리쮜청은 상하이방 세력을 등에 업고서 국가주석에 올라섰고, 장성민은 부주석이 되었다.

베이징 지도부에 충성을 맹세한 베이징 군구와 난징 군구 그리고 지난 군구에 속한 군대가 움직이기 시작했다.

"랴오닝에서 중국 전투기들의 공중전이 벌어졌다고 합니다."

김만철 경호실장이 황급하게 보고했다.

랴오닝에서는 제40집단군이 배치되어 있었다.

선양 군구에는 제16집단군과 제39집단군, 23집단군, 제40집단군이 자리 잡고 있으며, 병력은 35만 명이다.

"설마 했는데, 결국 내전이 벌어졌네요."

"베이징 군구가 란저우와 선양 군구를 공격했습니다. 지난 군구가 청두 군구를 상대하고, 난징 군구가 광저우 군구를 막는 형국입니다."

7개 군구 중에서 가장 강력한 군사력을 가지고 있는 베이징 군구에는 24집단군, 27집단군, 38집단군, 63집단군, 65집단군이 배치되어 있으며, 40만 명의 병력이 휘하에 있다.

지난 군구는 20집단군, 26집단군, 54집단군이 배치되어 있으며 30만의 병력이, 난징 군구는 1집단군, 12집단군, 31집단군이 속해 있으며, 32만의 병력이 배치되어 있다.

베이징에 반발하여 독립을 선포한 광저우에는 41집단군과 42집단군에 25만 병력이, 린저우 군구에는 21집단군과 47집단군에 28만 병력이, 청두 군구에는 13집단군과 14집단군에 25만 병력이 속해 있었다.

"양측의 전력을 비교하면 베이징 군구를 중심으로 하는 3개 군구는 해군력이 앞서고, 선양 군구를 앞세운 4개 군구는 공군력이 조금 앞서는 형국입니다. 육군 전력은 비등한 상태입니다."

코사크 정보센터장인 쿠즈민이 중국 지도에 표시된 중국 인민해방군의 배치를 가리키며 말했다.

지난 군구와 난징 군구에는 북해함대와 동해함대가 속해 있었고, 광저우 군구에는 남해함대가 배치되어 있었다.

"외부 개입이 없다면 전쟁이 쉽게 끝나지 않을 수도 있다는 말이군."

"현재의 양측 전력으로는 그렇습니다. 만약 핵무기를 쓴다면 달라질 수 있습니다."

"그 정도로 어리석지는 않겠지. 그렇게 된다면 중국은 사람이 살기 어려운 장소가 될 테니까."

각 군구마다 미사일 기지들이 있어 핵미사일을 가지고 있었다.

"미국과 영국이 움직일 것입니다."

"웨스트와 이스트를 대표하는 나라들이니까. 그들 앞에 생각지도 못한 먹음직한 먹잇감이 나타났으니, 가만있을 수 없겠지. 대만의 반응은 어떻습니까?"

김만철 경호실장에게 물었다.

"놀란 모습이 역력합니다. 아직 공식적인 움직임을 보이지는 않고 있습니다. 오히려 일본이 발 빠르게 움직이고 있습니다."

전투가 벌어졌다는 소식에 일본의 제1기동함대가 남중국해로 출동했다.

"일본은 미국의 지시를 받았을 것입니다. 대만은 미국이 아니면 섣불리 움직일 수 없을 겁니다. 하지만 광저우 군구가 도움을 요청하면 상황이 달라질 수 있습니다. 이 기회를 놓치고 싶지 않을 테니까요."

중국이 하나의 중국을 내세우며 대만을 흡수하여 합병하려고 한다면 대만 정부의 꿈은 중국 본토 회복이다.

중국이 분열한 지금, 남중국만 회복한다고 해도 대만은 위치는 지금과는 달라질 것이다.

"모스크바에 연락을 취해야 하지 않겠습니까?"

김만철 경호실장이 내게 물었다.

"크렘린이 알아서 움직일 것입니다. 조남기 부장의 연락이 오는 대로 국경에 배치된 러시아군과 북한군이 계획대로 행동할 수 있게 다시 한번 연락을 취하십시오. 이제 우리 민족의 운명이 달린 주사위가 던져졌습니다."

중국을 차지하겠다는 욕심을 부려서는 안 될 일이었다.

소탐대실(小貪大失)이라는 말처럼, 작은 것을 탐하다가 큰 것을 잃을 수 있었다.

목표로 한 만주와 간도를 차지하는 데 집중해야 할 때였다.

그것만으로도 한 민족은 다시금 대륙으로 기상을 뻗어 나갈 수 있었다.

한편으로 베이징 군구는 반란의 중심인 선양 군구를 제압하면 나머지 세 군구는 알아서 굴복할 것으로 생각했다.

그 때문에 베이징 군구의 주력이 선양 군구를 공격했고, 베이징 군구와 함께 하는 지난 군구와 난징 군구는 방어적인 태세로 전환했다.

전 세계는 중국의 내전 소식에 큰 충격과 함께 놀라움을 감추지 못했다.

미국은 태평양에서 훈련 중인 7함대를 급하게 중국으로 향하게 했고, 영국도 홍콩의 안보를 염려하는 성명과 함께 중국에 머무는 자국민의 안전을 핑계 삼아 항공모함 인빈서블호와 지원함 4척을 홍콩으로 출항시켰다.

포르투갈 역시 3,200톤의 바스코다가마급 호위함 2척이 마카오로 향했다.

프랑스와 독일 또한 자국민의 안전을 위해 어떠한 조치도 취할 것이라는 성명을 발표했다.

중국을 두고서 다시금 이스트와 웨스트 세력이 발 빠르게 움직이기 시작했다.

Chapter 10

Chapter 10

　중국의 내전 소식이 전 세계에 전해지자 우려했던 결과가
일어났다.

　전 세계 주식시장이 폭락하기 시작한 것이다.

　잠시 숨을 고르던 나스닥뿐만 아니라 뉴욕증권거래소 시장
까지 동반 폭락하는 사태가 벌어졌다.

　주식 폭락 사태는 도미노처럼 북미와 유럽은 물론 아시아
시장을 아비규환으로 만들었다.

　한국의 거래소와 코스닥 시장은 장이 시작하자마자 사이드
카가 발동되어 기관 투자가들의 프로그램 매매를 5분간 정지

시켰다.

그러나 사이드카의 발동에도 불구하고 매도 매물이 쏟아지면서 거래소와 코스닥 전 종목에 파란불이 켜지는 놀라운 광경을 목격할 수 있었다.

오후장에 들어서 군수 관련 주식들은 다시금 빨간불로 전환되었지만, 대부분의 주식들은 하한가를 기록하며 장을 끝마쳤다.

이러한 광경은 전 세계 주식시장에도 동일하게 보여주는 모습이었다.

세계의 공장을 자처했던 중국의 내전은 전 세계 경제와 주식시장에 불확실성을 가져다주었다.

쾅!

"시발! 하필 이때 내전이 터지냐고!"

이중호는 주먹으로 책상을 내리치며 소리쳤다.

그동안 시스코시스템스와 다음커뮤케이션를 통한 이슈로 나눔기술의 주가를 12만 원대까지 올렸지만, 다시금 10만 원대 아래로 미끄러졌다.

이와 함께 나눔기술의 공시를 믿지 못하겠다는 분위기가 형성되었고, 금융감독원에서 허위 공시에 대한 경고를 받았다.

엎친 데 덮친 격으로 시스코시스템스는 공식적으로 나눔기술과의 협력관계에 대해 부인하는 내용을 언론에 발표했다.

다음커뮤케이션도 지분 인수에 대한 의견은 오갔지만, 현 상황에서는 나눔기술의 지분인수나, 다음커뮤케이션의 지분 매각도 없을 것이라고 못을 박았다.

동시에 터져 나온 악재들이 나눔기술의 주가 폭락에 기폭제가 될 것으로 보였다.

"이러한 상황에서 주가관리는 무의미할 것 같아."

박성호 대표가 힘없는 목소리로 말했다.

그의 말처럼 중국 내전 소식에 코스닥과 거래소를 구분하지 않고서 하한가가 쏟아졌다.

"여기서 뒤로 밀리면 나눔기술만 문제 되는 것이 아니야. 대산이 흔들린다고!"

대산그룹 내에 현금이 없었다.

대산그룹이 가지고 있던 현금을 나눔기술에 쏟아부었기 때문이다.

나눔기술의 유상증자를 통해서 들어온 자금도 새로운 벤처기업을 설립하는 데 들어갔다.

"어제부터 이동영과 연락이 닿지 않아."

"그게 무슨 소리야?"

박성호의 말에 이중호가 놀란 표정으로 물었다.

"오늘은 아예 핸드폰이 꺼져 있었어."

"잠수를 탔다는 말이야?"

"그걸 모르겠어. 작업실을 옮겨서 사무실 위치도 모르겠고."

금감원이 허위 공시에 대한 경고를 보내자 테헤란로에 있던 작업실 위치를 바꿔었다.

나눔기술의 공시 위반에 대한 금감원의 조사가 이루어지며 편법적인 주식 거래 내역이 밝혀질 수도 있었다.

3일 전 바뀐 작업실 위치를 이동영은 박성호 대표에게 알려 주지 않았다.

"그걸 말이라고 하는 거야! 당장 이동영의 위치를 추적해!"

이중호 회장은 분노하며 소리를 질렀다.

지금까지 이 정도로 분노를 내보인 적이 없었다.

"회장님, 아니, 중호야, 이런 식으로는 해결이 안 돼. 이동영이 있든 없든 간에 나눔기술의 주가를 상승시키려면 눈으로 보이는 실적을 내야 한다고."

"그걸 해야 할 사람이 바로 너야. 네가 나눔기술의 대표라고!"

"정말 이렇게는 못 하겠다. 아니, 이런 식으로는 절대 나눔기술은 올라갈 수 없다고!"

박성호 나눔기술 대표도 지지 않고 맞받아쳤다.

지금까지 해오던 방법으로는 한계가 왔다는 것을 시장이 말해주고 있었다.

더 이상 나눔기술의 주식을 올릴 방도가 보이지 않았다.

"후─우! 그걸 모르고 있는 것이 아니잖아. 그럼, 현시점에서 해결할 방법을 제시해 봐."

"그걸……. 대내외적으로 악재만 쌓이고 있어. 후! 솔직히 어떻게 해결해야 할지 모르겠다."

박성호라고 해서 뚜렷한 방법이 없었다.

미국에서의 사업도 지금 당장 이익이 나는 것이 아니었다.

더구나 다이얼패드닷컴의 경쟁자들이 늘어나자, 가파르게 늘어나던 가입 회원들도 점차 줄어드는 추세였다.

나스닥의 폭락과 이익 없이 늘어나기만 하는 운영 비용도 문제였다.

"성호야, 여기서 무너지면 우린 아무것도 건질 게 없어지는 거야. 지금 네가 누리고 있는 것들도 연기처럼 사라진다고."

박성호 또한 이중호처럼 10억 원 가까이하는 람보르기니를 비롯한 여러 대의 스포츠카를 장만했다.

나눔기술의 주가가 정점을 찍을 때, 박성호 대표가 가지고 있는 주식 1만 주만 팔아도 30억 원 넘는 돈을 손에 쥘 수 있었기 때문에 가능한 일이었다.

"후! 그럼, 어떻게 해야 하는데?"

다시금 한숨을 내쉬는 박성호는 이중호에게 물었다.

"이동영을 찾아. 놈이 다른 마음을 먹지 않게 하라고. 지금의 고비만 넘기면 너와 나는 이 나라에서 가장 많은 현금을 가진 사람이 될 수 있어. 무슨 말인지 알겠지?"

"알겠어. 이동영을 찾아볼게."

"그리고 나눔기술의 주가 관리도 해야지. 지금은 찬물 더운물 가릴 때가 아니야, 이판사판이라고."

"최선을 다해볼게."

박성호는 이중호의 말에 고개를 끄떡이며 말했다.

현재 자신의 위치와 가진 것들을 잃고 싶지는 않았다.

더구나 자신을 떠받드는 인간들 대다수가 돈을 보고서 고개를 숙인다는 것을 박성호는 잘 알고 있었기 때문이다.

돈이 사라지는 순간, 예전보다도 못한 삶이 기다린다는 것을 말이다.

*　　　　　*　　　　　*

청덩시 상공에서 벌어진 베이징 군구와 선양 군구 소속 전투기들의 공중전은 수십 대의 전투기들이 추락한 채로 끝이 났다.

누구의 승리도 아니었다.

똑같은 성능의 전투기로 공중전을 펼쳤고, 그렇다고 월등히 뛰어난 기량을 보유한 조종사들을 보유한 것도 아니었기 때문이다.

서로가 수도인 베이징과 선양 군구 사령부를 지키기 위해서 러시아제 미그 19기의 개량형인 섬6(J−6)과 미그21기 중국 내 생산을 허가받은 섬7(J−7) 전투기, 그리고 미그−21에 장착된 터보제트 엔진을 사용하여 독자 개발한 섬8(J−8) 전투기들을 출동시켰다.

베이징 군구 소속 공군기는 922대였고, 선양 군구 소속 공군기는 1,060대였지만, 최신예 기종인 수호이−27 전투기는 베이징 군구가 더 많았다.

서로가 뚜렷한 피해를 주지 못한 채 끝이 난 공중전이 끝나자마자 결렬한 포병전과 함께 베이징 군구의 제27집단군과 제38집단군이 친황다오시를 향해 움직였다.

기동력을 높인 제27집단군은 스자좡에 집단군사령부를 두고 있으며, 모터사이클 보병 제79여단, 제80여단, 제82여단과 경기계화보병 188여단, 중기계화보병 235여단, 장갑 제7여단과 포병여단을 운영하며 병력은 32,000명 규모였다.

중국군 내 최강의 부대로 알려진 제38집단군은 중기계화 부대로 집단군사령부는 바오딩에 자리 잡고 있다.

제38집단군에는 중기계화보병 112사단, 113사단, 장갑 제6사단, 통신연대, 육군항공 8여단, 특총작단여단, 전자전대응연대 등을 운영하며 68,000명의 병력을 보유하고 있다.

이와 함께 제65집단군은 북쪽에 있는 츠펑시로 향했다.

제65집단군에는 중기계화보병 194여단, 기계화보병 195여단, 모터사이클보병 196여단, 포병연대, 방공연대 등을 운영하며 43,000명의 병력을 보유 중이다.

이에 맞선 선양 군구는 랴오양시에 사령부가 있는 제39집단군을 전면에 내세웠다.

제39집단군은 베이징 군구 제38집단군과 지난구구의 제54집단군과 함께 중국군 내 3대 신속대응부대로 중국군의 대표 전력이었다.

제39집단군은 기계화보병 115사단, 190사단, 202사단, 장갑 제3여단, 육군항공제9연대, 포병여단, 방공포여단 등을 운영하며 6만 명의 병력을 보유했다.

진저우시에 사령부가 있는 제40집단군 3만 병력은 츠펑시를 방어하기 위해 움직였다.

제40집단군은 경기계화보병 118여단과 모터사이클보병 119여단, 191여단, 제5장갑여단, 제7포병여단과 방공여단을 운영 중이다.

친황다오시로 향하고 있는 베이징 군구 소속 제6장갑사단과 제7장갑여단 소속의 최신 98식A 전차와 96식 전차 그리고 85식 전차 539대는 최강의 전력이었다.

"친황다오시를 잃으면 곧장 진저우를 거쳐 선양까지 이어집니다."

제39집단군 군단장인 탁민 소장이 전술지도를 가리키며 말했다.

만약 선양을 잃는다면 선양 군구 전력의 삼분의 이가 날아가는 것이다.

그만큼 첫 지상 전투가 중요했다.

베이징 군구 또한 친항다오시의 공략이 실패하면 베이징이 위험해질 수 있는 상황이었다.

"흠, 2개의 집단군을 움직일 줄은 몰랐어."

조남기 부장은 동북 3성이 그려진 작전지도를 보며 말했다.

제27집단군과 제38집단군 10만 병력이 치낭다오시를 겨냥한 것은 선양까지 단숨에 밀어붙이겠다는 뜻이었다.

선양 군구가 무너지면 베이징에 반기를 든 나머지 군구의 제압은 어렵지 않다는 판단이었다.

"서전을 승리로 장식해서 사기를 올리겠다는 전략인 것 같습니다."

제23집단군 군단장인 장쉬동 소장이 말했다.

선양 군구 소속 제23집단군과 16집단군은 보병여단 중심이었다.

제39집단군과 제40집단군이 무너지면 보병여단으로는 중기계화부대를 막을 방도가 없었다.

더구나 지리 여건상 함께 독립의 깃발을 내세운 란저우와 청두 그리고 광저우 군구의 도움을 받을 수 없었다.

이와는 달리 베이징 군구는 지난 군구와 난징 군구의 도움을 언제든지 받을 수 있었다.

"다롄시의 해병대 상륙도 염두에 두어야 합니다."

지난 군구와 난징 군구 소속 북해함대와 서해함대가 언제든지 상륙작전을 펼칠 수 있었다.

다롄을 잃으면 선양 군구의 사령부가 있는 선양은 양쪽으로 위협을 받게 된다.

다롄은 제16집단군이 방어를 맡고 있었다.

"다롄뿐만 아니라 후루다오까지 노릴 수 있습니다. 친황다오를 목표로 한 것은 북해함대의 도움을 받으려는 움직임입니다."

탁민 소장의 말에 장쉬동 소장이 동조하면서 말했다.

베이징은 북해함대와 동해함대를 가지고 있었기 때문에 선택의 폭이 넓었다.

광저우 군구의 남해함대는 동해함대의 남하를 막아야 하기 때문에 섣불리 움직일 수 없었다.

"우리가 불리한 것은 어쩔 수가 없어. 미군의 7함대는 동해로 진입했나?"

"제주도에서 북상하고 있습니다. 일본 기동함대가 남해 쪽에서 대치 중입니다."

"미 7함대가 북상하면 북해함대의 움직임을 막을 수 있지 않을까?"

"적국인 미국을 끌어들일 수는 없습니다. 미국이 개입하면 우리의 대의명분이 사라집니다."

탁민 소장의 말이었다.

독립을 추구하지만, 외세를 끌어들일 수는 없다는 것이 그의 생각이었다.

"미 7함대가 올라오면 동해함대가 7함대를 막는 역할을 할 것입니다. 7함대가 활동하기에는 동해가 너무 좁습니다. 잘못하면 동해함대 소속 잠수함에 당할 수도 있습니다."

장쉬동 소장의 말처럼 항공모함이 동해로 올라오기에는 위험이 뒤따를 수 있었다.

잠수함뿐만 아니라 중국 본토에서 출발한 항공기들의 대함 미사일 공격을 받을 수 있기 때문이다.

우리의 서해는 곧 중국의 동해였다.

이곳에서는 대규모 함대를 운영하기에는 쉽지 않은 일이다.

"흠, 북해함대가 움직이면 우리가 방어해야 할 지점이 너무 많아져."

정확한 정보가 들어오지 않은 상황에서 북해함대는 언제든지 바다와 접해 있는 친황다오, 후루다오, 잉커우, 다롄, 창허시를 노릴 수 있었다.

문제는 거론된 모든 도시를 방어할 수 없다는 것이다. 병력이 분산되면 자칫 각개격파를 당할 수 있었다.

더구나 방어도 문제지만, 베이징으로 진격할 병력도 생각해야만 했다.

*   *   *

베이징 당국은 미국과 일본의 움직임에 경고를 보냈다.

중국 내부의 일에 간섭하는 순간, 전에 보지 못한 공포를 전해주겠다고 선언했다.

중국에서 벌어진 일은 중국인이 해결하겠다는 말이었다.

그러나 이러한 경고에도 불구하고 미국과 일본의 함대는 아랑곳하지 않고서 중국이 자국 영해로 선포한 지역까지 진입했다.

여기에 대만군의 움직임도 활발해지고 있었다.

"미국은 그렇다고 해도, 일본이 너무 나서는 느낌입니다."

"일본은 미국의 꼬붕입니다. 이번 기회로 중국이 영유권을 주장하는 센카쿠열도와 무인 섬들에 대한 확실한 실효 지배를 확보할 계획인 것 같습니다."

내 말에 김만철 경호실장이 대답했다.

일본은 중국 내전이 본격적으로 벌어지면 센카쿠열도에 대한 영유권 주장에 대해 종지부를 찍으려는 모습이었다.

현재 센카쿠열도는 중국과 대만 그리고 일본이 영유권을 주장하고 있다.

"흠, 일본이 중국 내전을 이용해 어부지리를 얻겠다는 뜻인데."

"일본이 대만과 접촉을 하는 모습이 포착되었습니다. 일본의 나카네 외무차관이 비밀리에 리덩후이 대만 총통을 만났습니다."

코사크 정보센터장인 쿠즈민의 말이었다.

"대만을 통해서 중국에 진출하겠다는 것인가요?"

쿠즈민의 말에 김만철 경호실장이 물었다.

"한국전쟁 때처럼 전쟁 물자 보급을 통해서 경제를 회복시키려고 할지도 모릅니다. 대만은 지금의 기회를 놓치지 않으려고 할 것입니다. 더구나 대만과 일본은 우리와 달리 사이가 나쁜 편이 아니니까요."

"일본 놈들에게 어부지리를 줄 수 없지 않습니까?"

"당연히 그래야겠죠. 우선은 중국에 진출한 사업장의 안전을 챙겨야 합니다. 코사크 타격대와 전투부대를 출동시키십시오."

이미 선양 군구를 이끄는 조남기 부장과 이야기가 끝난 상황이었다.

동북 3성에 진출한 도시락과 도시락마트, 부란, 그리고 북한으로 이어지는 파이프라인을 지키기 위해서도 코사크가 움직일 수밖에 없었다.

만약 코사크가 공격을 받을 시에는 러시아군이 즉각적으로 움직일 것이다.

Chapter 11

 베이징 군구가 선양 군구를 공격하자, 난징 군구 또한 광저우 군구 사령부가 있는 류주를 폭격했다.

 그러자 광저우 군구는 42집단군 산하 제1포병사단을 동원하여 대규모 포격을 개시했다.

 중국 내전이 동북 3성에서 남쪽으로 확전되고 있었다.

 남중국해에 들어섰던 미 7함대는 동중국해로 방향을 바꿔 중국 동해함대의 관할 구역으로 이동했다.

 미군 태평양사령부 산하 3함대도 중국으로 이동하고 있었다.

이와 함께 미국은 갑작스럽게 대만에 대한 첨단무기 판매를 허락했다.

대만이 그토록 원했던 F—16 전투기를 판매하겠다고 나온 것이다.

대만 정부는 기다렸다는 듯이 F—16 전투기 32대를 인수하는 계약을 일사천리로 처리했다.

대만에 판매되는 F—16 전투기는 새롭게 생산하는 것이 아닌 예비전략 물자에서 공급하기로 했다.

이러한 모습은 미국이 중국 내전에 대만을 참여시키려는 움직임이 아닌가 하는 의심을 들게 했다.

중국 베이징 당국은 이러한 미국의 움직임에 제3차 세계대전으로 확전하려는 조치라며 강력하게 반발했다.

독립을 선언한 광저우 군구 또한 미국과 대만의 행동을 비난했다.

미 7함대가 동중국해로 올라오자 중국의 동해함대가 대응하기 위해 이동했다.

"코사크 타격대가 도시락마트와 부란의 물류 창고에 도착했습니다. 파이프라인을 경비할 전투부대는 내일쯤이면 현지에 도착할 예정입니다."

코사크를 이끄는 보리스의 말이었다.

사전에 준비한 대로 코사크는 움직였다.

체첸의 병사들로 주축이 된 전투부대는 충분한 무기로 무장한 연대급 병력이다.

"베이징의 반응은 어떻지?"

"특별한 반응은 보이지 않았습니다. 단지 선양 군구에 도움을 주는 행위를 한다면 적으로 간주하겠다고 했습니다."

코사크 정보센터장인 쿠즈민이 말했다.

베이징 당국이나 독립을 주장한 네 개 군구 모두 중국 내외국인과 외국인 자산에 대한 안전에는 문제가 없다고 말했다.

그러나 내전으로 치닫는 상황에서 치안이 느슨해지자 곳곳에서는 식량과 생필품을 확보하려는 사람들로 인해 약탈이 벌어지고 있었다.

이와 함께 은행과 백화점을 공격하는 범죄 조직도 나타났다.

이러한 점을 내세워 코사크 병력이 룩오일NY 직원들과 자산 보호를 위해 중국으로 진입할 수 있었다.

"코사크 타격대와 전투부대들이 중국 내 거점을 확실하게 확보해야 해."

중국으로 진입한 병력을 러시아로 철수시킬 생각이 없었다.

어렵게 진입한 병력은 동북 3성의 주요 거점에 배치되어 룩오일NY와 닉스홀딩스의 자산을 지키는 동시에 만주를 차지할 밑바탕이 되는 것이다.

"먼저 진입한 정보요원들이 활발한 활동을 벌이고 있습니다. 티베트와 내몽고, 신장 위구르 지역에서도 FSB(러시아연방 안전국) 요원들이 움직이고 있습니다."

코사크와 FSB 정보요원들은 무장 세력과 군벌을 육성하여 내전을 더욱 격화시킬 것이다.

그래야만 만주를 손에 넣을 수 있는 확률이 더욱 커진다.

하나로 뭉쳐진 중국에서 동북 3성만 떼어내기란 불가능하기 때문이다. 이러한 움직임은 미국의 CIA와 영국의 MI6도 마찬가지였다.

"이번 기회를 살리지 못하면 티베트나 신장 위구르도 독립이 어렵겠지. 연변조선족자치주는 어떻습니까?"

김만철 경호실장에게 물었다.

"외부적으로는 조용한 모습을 보이고는 있지만, 북한의 작전부와 정찰국 요원들이 현지에서 준비 작업을 진행 중입니다."

베이징 군구의 공격을 방어하기 위해서 동북 3성에 치안을 담당하는 공안들도 동원되었다.

연변자치구를 감시하는 공안의 눈길이 느슨해진 상태였다.

연변자치구에는 조선족보다 한족이 더 많은 것도 준비를

철저하게 해야 하는 상황이었다.

"흠, 작전이 진행될 때까지 조남기 부장의 안전이 최우선이 돼야 해. 조남기 부장이 없으면 우린 선양 군구의 병력과도 싸워야 하니까."

만주와 간도의 회복에는 조남기 부장이 끝까지 선양 군구를 이끌어야만 했다.

선양 군구가 러시아와 북한에게 손을 내밀어야지만 군대를 동북 3성으로 보낼 수 있었다.

무턱대고 동북 3성으로 군대를 진입하게 되면 단순한 침략자가 될 뿐이었다.

그것은 곧 현지 주민들의 저항과 함께 중국을 다시금 뭉치게 만드는 요인이 될 수 있었다.

"코사크 경호 요원들을 2배로 늘렸습니다."

이제는 고려인들로만 구성된 경호 요원을 배치할 필요가 없었다.

선양 군구에서 조남기 부장에 대한 경호를 정식으로 요청했기 때문이다.

"좋아, 앞으로의 일주일이 모든 일에 대한 성패를 좌우할 거야. 다 각자 맡은 일에 최선을 다해주게."

코사크의 모든 역량이 중국에 집중되고 있었다.

코사크 담당자들과의 회의가 끝나자마자 소빈뱅크의 보고

가 이어졌다.

*   *   *

"전 세계 주식시장이 4일 내내 하락세를 면치 못하고 있습니다. 특히나 중국에 투자가 많았던 기업들의 주가 하락세가 더욱 두드러집니다."

뉴욕금융센터장에 임명된 로마노프 강의 말이었다.

27살의 로마노프 강은 고려인 3세로 모스크바대와 예일대에서 수리학과 통계학 그리고 철학을 전공한 천재형 인물이다.

소빈뱅크 영재 육성 프로그램의 혜택을 받은 인물이기도 했다.

"닷컴 기업들의 추락을 더욱 앞당기겠어."

"예, 중국의 돌발변수로 인해 저희가 예측했던 것보다 관련 기업들의 주가가 35%나 더 떨어질 것 같습니다. 급격한 하락 추세를 2개월이나 앞당기게 되었습니다."

런던금융센터장인 티토바의 말이었다.

중국의 내전으로 인해 닷컴 버블이 꺼지기까지의 시간이 더욱 빨라졌고, 더욱 급격한 하락세를 연출하고 있었다.

특히나 중국에 투자가 많았던 닷컴 기업들은 연일 하한가를 기록하고 있었다.

뉴욕과 런던 그리고 일본의 주식시장은 오로지 매도를 원하는 투자자들로 인해서 절망적인 모습을 보였다.

빠르게 상승했던 인터넷과 정보 통신 주식들은 빛과 같은 속도로 떨어져 내렸고, 개인 투자자는 물론 기관 투자가들의 파산이 이어지고 있었다.

닷컴 기업들의 급속한 주가 상승으로 금리 인상카드를 내세웠던 미국의 FRB는 오히려 금리를 인하해야 하는 걱정에 부닥쳤다.

그만큼 전 세계 주식시장이 받은 충격이 대단했다.

"흠, 우리도 사전에 준비하지 못했다면 큰 타격을 입었을 거야. 소빈뱅크의 이익은 얼마나 늘었지?"

조남기 총후근부 부장을 만나지 못했다면 소빈뱅크도 벌어놓은 돈을 상당히 까먹었을 것이다.

하지만 조남기 부장이 전한 정보를 통해서 소빈뱅크는 다른 행보를 취할 수 있었다.

"5천2백억 달러를 넘어설 것 같습니다. 저희만 정확하게 반대매매 포지션을 취했습니다. 청산 시점이 되면 이익은 더 늘어날 것입니다."

소빈베어스턴스 존 소콜로프의 자신감 넘치는 말이었다.

닷컴 버블 예측으로 인해 소빈뱅크가 벌어들인 돈이 3천억 달러였다.

그런데 중국 내전으로 인한 충격파를 정확하게 파악하여 투자를 극대화 시킨 것이다.

소빈뱅크는 벌어들인 이익을 재투자했고, 그것이 단기간에 두세 배로 늘어났다.

"정말, 놀라운 이익이야. 우리가 막대한 이익을 얻었다면 다른 곳은 큰 손해를 입었겠지?"

"예, 시티뱅크와 JP모건이 흔들릴 수 있습니다. 일본의 도쿄 미쓰비시은행과 후지은행, 나미와야은행이 막대한 손실을 보았습니다. 나머지 은행들도 파악 중입니다. 유럽의 은행들도 손실이 가파르게 늘어나고 있습니다. 조만간 파산할 은행이 나올 것입니다."

모스크바 국제금융센터장인 소로킨의 말이었다.

소빈뱅크에게 주어야 할 이익이 늘어날수록 전 세계의 투자은행들은 손실이 커지는 상태였다.

소빈뱅크에서 만든 파생과 옵션 상품을 사들인 투자은행들이 그 대상이었고, 중국 내전을 예측하지 못해서 매수 포지션에 섰던 투자기관들도 늘어나는 손실에 손을 놓고 있었다.

소빈뱅크는 전 세계를 대상으로 모험을 벌였고, 그 모험의 대가는 어마어마한 이익으로 돌아오고 있었다.

"다시금 미국의 금융시장이 흔들리겠군."

러시아의 모라토리엄 선언으로 전 세계 금융시장은 크게 흔들렸고, 베어스턴스와 타이거펀드가 소빈뱅크에 팔리는 일이 일어났다.

그러나 지금 그보다 2배나 많은 손실이 발생한 것이다.

*　　　*　　　*

베이징시는 내전이 일어나자 물자 공급이 원활하지 않게 되었다. 대다수 상점과 마트들이 문을 닫았고, 식량과 생활용품을 구입하지 못한 사람들의 불만이 커지고 있었다.

"왜 물건을 팔지 않는 건데?"

셔터가 굳게 내려간 상점 앞에 수백 명의 사람들이 몰려와 아우성을 쳤다.

어제까지만 해도 상점이 문을 열고 제한적이지만 쌀과 생필품을 팔았었다.

"팔 상품이 없습니다. 돌아들 가세요."

상점 직원이 확성기를 들고 소리쳤다.

"무슨 소리야? 어제 쌀을 가득 실은 차가 들어오는 걸 봤는데!"

"나도 봤어! 빨리 문 열고 팔아!"

몰려든 사람들이 여기저기서 소리를 질렀다.

"정부의 허가 없이는 물건을 팔 수 없습니다. 그러니까 돌아들 가세요."

직원은 다시 한번 확성기를 소리쳤다.

"그런 소리를 듣지 못했어! 당장 먹을 게 없다고!"

한 사내가 소리를 지르며 상점의 셔터를 들어 올리려고 했다.

그러자 상점 직원이 사내를 거칠게 밀쳤다. 하지만 그것은 시작에 불과했다.

사내가 바닥에 밀려나는 순간, 수십 명의 사람들이 상점 셔터에 매달려 강제로 열어버렸다.

그 순간을 놓치지 않고 수백 명의 사람들이 상점 안으로 물밀 듯 들이닥쳤다.

네 명의 직원으로는 몰려드는 수백 명의 사람들을 도저히 당해낼 수가 없었다.

이러한 일들이 베이징시 곳곳에서 벌어지고 있었다.

사방에서 신고 전화가 들어왔지만, 중국 공안들은 평소처럼 빠르게 출동하거나 대처하지 못했다.

그러한 모습이 확인되자 약탈이 광범위하게 확산될 조짐을 보였다.

　　　　＊　　　　　＊　　　　　＊

쾅!

"내부 통제가 이루어지지 않으면 전쟁에 이길 수 없어! 도대체 자오 부장은 뭐 하고 있는 거야?"

리쮀청 주석은 신경질적으로 소리쳤다.

자오는 치안을 담당하는 중국 공안부장이었다.

"공안 병력이 전투부대로 차출되어서 공안 업무에 어려움이 있다고 합니다."

국가 주석의 비서실장 격인 중앙판공청 주임인 링지화가 말했다.

링지화의 말처럼 공안 병력 중 절반이 베이징 군구 방어를 위해 동원되었다.

"폭도들이 날뛰면 반란군들이 더욱 날뛸 것입니다. 폭도들의 진압을 더욱 강경하게 나가야 합니다."

이번에 새롭게 부주석에 오른 장성민의 말이었다.

"식량 사정과 생필품 공급이 원활하지 않아서입니다. 폭도들이라고 하는 사람들 모두가 베이징 시민입니다."

권력에서 밀려났다가 다시금 돌아온 자오쯔양 총리가 말했다.

갑작스럽게 사망한 6명의 군사위원회 인물들을 대체하기

위해서 실각한 자오쯔양을 다시금 복권했다.

"질서를 지키지 않는 자들은 시민이 아닌 폭도들일 뿐이오. 이대로 놔두었다가는 통제할 수 없는 상황까지 갈 수도 있소. 공안이 통제할 수 없으면 인민해방군이 나서야 하는데, 지금은 그럴 수 없는 상황임을 잘 알고 있지 않소이까."

장성민은 자오쯔양을 바라보며 말했다.

"그럼, 어떻게 했으면 좋겠습니까?"

리쬐청 주석이 장성민 부주석을 보며 물었다.

"폭도들은 가차 없이 현장에서 총살하도록 해야 합니다. 우린 천안문사태 때의 기억을 잊으면 절대 안 됩니다. 지금 우리에게 있어 최대 목적은 하루라도 빨리 반란군을 제압하여 중국이 분열되는 것을 막아야 하는 것이 최우선 과제입니다."

"잘못하면 무차별적인 학살이 벌어질 수 있습니다."

자오쯔양 총리가 장성민 부주석의 말에 반말하며 말했다.

"폭도들에 한해서입니다. 질서를 지키는 시민들은 안전할 것이오."

"무력인 아닌 근본적인 문제를 해결해야 합니다. 식량을 풀고 생필품을 공급해야 합니다."

다시금 자오쯔양이 장성민의 말에 반박했다.

"총리! 현실에 눈을 뜨시오. 지금은 인민해방군이 최우선이오. 전쟁에서 지면 모든 것은 공허한 메아리일 뿐이라는 것을 모르시오. 지금은 이기는 것이 최우선입니다."

"장 부주석 동지의 말이 맞습니다. 지금은 반란군을 진압하여 전쟁에서 승리하는 것이 우선입니다. 그리고 지금 미국과 일본이 어떻게 나오고 있는지를 똑똑히 알아야 합니다. 자오 부장에게 강경 대응을 하도록 연락하시오."

리쮀청 주석이 장성민 부주석의 손을 들어주었다.

하루라도 빨리 전쟁을 빨리 종식하지 못하면 대만에 접근하는 미국과 일본의 수작질로 인해 남중국 지역을 잃을지도 모르기 때문이다.

티베트와 신장 위구르에도 불안한 조짐이 시작되고 있었다.

*   *   *

중국의 내전이 가져온 충격파는 순식간에 전 세계 경제를 얼어붙게 하였다.

특히나 중국에 투자를 집중한 미국과 일본 그리고 한국을 비롯한 유럽의 몇몇 나라들이 받은 충격이 컸다.

중국 정부는 중국 내 머무는 외국인과 외국 회사들의 안전을 약속했지만, CNN을 통해 보도된 베이징시는 아비규환이었다.

상점과 은행을 약탈하던 사람들을 향해서 중국 공안은 경고 없이 무차별적인 총탄 세례를 퍼부었다.

이로 인해 상점들을 약탈을 하던 수천 명의 사람들이 총에 맞아 쓰러졌고, 거리에는 피가 강물처럼 흘렀다.

중국 공안의 강경 대응에 상점과 창고를 약탈하는 행위는 줄어들었지만, 밤이 되면 먹고 살기 위해 목숨을 걸고 마트를 터는 행위는 여전했다.

무슨 이유에서인지 식량 공급이 원활하게 이루어지지 않고 있었기 때문이다.

여기에 매점매석을 통해서 돈을 벌겠다는 상인들의 행동이 한몫했다.

한편으로 전투에 동원된 공안 인력으로 인해 치안 인력이 부족한 공안으로서는 새벽까지 경비를 설 수 없었고, 극심한 피로감을 보였다.

더구나 약탈자들에 의해서 부상을 당하는 공안도 늘어갔다.

이래저래 베이징 당국의 고민은 늘어만 갔다.

한편으로 베이징을 떠나려는 외국인의 행렬은 계속해서 늘어만 갔지만, 항공편의 제한으로 인해서 중국을 떠나기가 쉽지 않았다.

베이징 공항을 비롯한 중국 내 국제공항은 외국인의 출국만을 허용할 뿐, 중국인은 이용할 수 없었다.

외국으로 탈출하려는 중국인들은 이동 제한 명령을 어겨가며 러시아와 몽골이 있는 북쪽과 베트남과 라오스가 있는 서남쪽으로 향했다.

"난징과 베이징 상공에서도 공중전이 벌어졌다고 합니다. 제한적인 전투에서 벗어나 중국 전역에서 전투가 벌어지고 있습니다."

코사크 정보센터장인 쿠즈민의 보고였다.

중국 내전은 제한적인 국지전에서 벗어나 본격적으로 지상군들에 의한 전투가 벌어지고 있었다.

"선양 군구 상황은 어떻지?"

"제27집단군과 제38집단군의 진군을 막기 위해 노력 중이지만, 친황다오 시가 함락당했습니다. 진저우와 후루다오에 방어선을 형성했지만, 방어가 쉽지 않을 것 같습니다."

"베이징 군구가 자랑하는 제6장갑사단를 막지 못한 건가?"

"예, 선양 공군이 어떻게든 공세를 늦추기 위해 노력했지만, 제공권을 장악하지 못한 상태였기 때문에 방어하지 못했습니다."

"흠, 친황다오가 함락되었다면 그다음은 다롄이 목표가 되겠군."

"북해함대가 다롄를 공격하고 제27집단군과 제38집단군이 진저우와 후루다오를 무너뜨리면 곧바로 선양입니다. 선양을 잃으면 선양 군구는 버티지 못할 것입니다."

코사크를 이끄는 보리스 대표의 말이었다.

"아직도 우리의 도움을 거부하고 있는 건가?"

"선양 군구 내부에서 합의가 이루어지지 않고 있습니다. 자신들의 힘으로 베이징 군구를 막아낼 수 있다고 생각을 하는 것 같습니다."

쿠즈민 정보센터장의 말처럼 조남기 총후근부 부장이 이끄는 선양 군구의 제16집단군과 23집단군, 제39집단군, 제40집단군을 이끄는 군단장들이 외부의 도움에 대해서 합의에 이루지 못했다.

23집단군의 장쉬둥 소장과 제40집단군의 펑보 소장은 러시아와 북한에 손을 내밀자고 주장했지만, 선양 군구의 핵심인 제16집단군과 제39집단군이 반대하고 있었다.

"다롄를 잃고 나면 상황이 달라지겠지. 우린 철저하게 준비를 해놓고 있으면 돼."

중국 국경으로 이동한 러시아군은 언제든지 출동할 수 있는 준비를 하고 있었다.

북한군 또한 훈련을 핑계 삼아 신의주 근처에서 대기 중이었고, 단둥으로 넘어갈 태세를 갖추었다.

　중국 내전이 어느 정도 격화되어야지만 중국으로의 길이 열릴 것이다.

Chapter 12

TV에서 속보로 내보내는 중국 내전 상황을 지켜보는 이중
호 회장의 눈은 붉게 충혈되어 있었다.

밤새도록 CNN TV를 보면서 중국 상황과 미국 내 주식시장
의 동향을 지켜보았다.

그가 앉아 있는 앞쪽 테이블 위에는 빈 양주병이 널려 있었
다.

"크크! 아무리 발버둥을 쳐도 안 되는 놈은 안 되는 건가?"
이중호는 쓴웃음을 내뱉고 있었다.

일말의 희망으로 기대했던 미국의 주식시장은 폭락장을 벗어나지 못하고 있었다.

나스닥에 상장한 닷컴 기업들의 주가는 더욱 처참했다.

중국 내전으로 중국에서 들어오는 값싼 제품들의 공급이 끊기면서 미국의 물가가 상승했지만, FRB는 금리 인상을 할 수 없는 상황이었다.

"씨발! 어떻게 여기까지 왔는데… 이대로 무너질 수 없어!"

우당탕! 쨍그랑!

이중호는 테이블에 올려진 술병들을 내동댕이쳤다.

대산그룹의 희망이라고 할 수 있는 나눔기술의 주가는 연중 최저점을 기록했다.

10만 원 아래로 내려갔던 주식은 어느새 5만 원 아래로 꼬꾸라진 상태였다.

미국 주식시장의 폭락은 나눔기술의 연속된 하한가로 기록했고, 고점 대비 91% 폭락한 나눔기술의 하한가는 여전히 풀리지 않았다.

"크크크! 망할 수밖에 없어. 1조 원이 1천억 원으로 쪼그라들었잖아."

이중호는 다시금 실성한 사람처럼 웃으며 말했다.

대산그룹은 심각한 자금 압박을 받고 있었다.

나눔기술을 인수하기 위해서 대산그룹의 여유 자금을 모두

쓴 것도 모자라서 사채까지 끌어다 썼다.

나눔기술이 고점을 찍고, 유상증자에 성공해 3천8백억 원이 들어왔지만, 빚을 갚는 데 사용하지 않았다.

오히려 나눔기술의 사업체를 늘리는 데 돈을 썼고, 그 또한 적자가 늘어나는 데 한몫하고 있었다.

만약 3천8백억 원으로 대출금을 갚았다면 대산그룹의 상황은 달라질 수 있었을 것이다.

                    *   *   *

대산그룹 유동성 위기라는 신문 기사 제목이 나오기가 무섭게 대산유통이 부도가 났다.

국민은행에 돌아온 32억 원짜리 어음을 막지 못한 결과였다.

대산그룹은 위기를 돌파하기 위해 로스차일드사에 도움을 요청했지만, 오히려 투자금 회수를 진행하겠다는 통보를 받았다.

뒤늦게 나눔기술을 지분을 매각하기 위해서 동분서주했지만, 급속하게 얼어붙은 M&A 시장은 그마저도 어렵게 만들었다.

그러는 사이 나눔기술의 주가는 3만 원대로 주저앉았고, 투자자들은 망연자실할 뿐이었다.

나눔기술뿐만 아니라 인터넷과 정보 통신 기업들도 떼거리로 몰락하기 시작했다.

매출과 이익을 발생시키지 못한 닷컴 기업들의 실체가 적나라하게 밝혀지면서 이들 기업의 주가가 얼마나 거품이 끼었었는지를 사람들이 알게 된 것이다.

그나마 이익과 매출이 일어나는 기업들의 주가 하락세는 멈추었지만, 그렇지 못한 기업들의 주가는 연일 연중 최저점을 기록 중이었다.

"모두가 고개를 흔들 뿐입니다. 나눔기술의 지분을 담보로 잡는다고 말해도 대출 연장을 해줄 수 없다고 합니다."

대산유통에 이어서 대산그룹이 큰돈을 들여 인수했던 대산건설까지 부도 위기에 처했다.

"이대로 끝인가요?"

정용수 비서실장의 말에 이중호 회장은 허탈한 표정으로 말했다.

어떻게든 그룹 해체를 막기 위해 노력하는 중이었지만, 대우를 비롯한 현대그룹마저 유동성 위기에 빠지자 자금시장이 더욱 위축된 상황이었다.

"중국 내전이 모두를 어렵게 하고 있습니다. 회복세를 보이던 다른 기업들도 자금 사정이 어려운 것 같습니다."

"모든 곳이 어렵지만, 여전히 닉스홀딩스는 다르겠지요?"

침울한 목소리로 말하는 이중호 회장은 모든 걸 내려놓은 듯한 말투였다.

"예, 닉스홀딩스는 별다른 영향이 없는 것 같았습니다."

"후후! 어떻게 매번 그럴 수 있을까요?"

"그건 저도……."

정용수 비서실장은 끝까지 말을 할 수 없었다.

닉스홀딩스는 이미 국내에 한정된 기업이 아닌 세계적인 기업으로 성장한 상태였다.

"아무리 발버둥을 쳐도 강태수의 그림자조차 따라가지 못했네요. 정말 강태수는 하늘이 내린 사람이 맞는 것 같습니다."

강태수를 경쟁자로 생각했던 자신이 한심스러웠다.

이미 강태수는 자신이 어쩔 수 없는 사람이라는 것을 인정하기 싫었던 것이 문제였다.

그것이 무작정 앞만 보고 달리게 한 요인이기도 했다.

"저희가 운이 없었을 뿐입니다. 회장님은 대산을 위해 최선을 다하셨습니다."

"아닙니다, 최선을 다하는 것은 누구나 할 수 있습니다. 최선을 넘어선 그 무언가를 저는 해내지 못했습니다. 닉스홀딩스는 마치 이러한 사태가 올 것처럼 IT 기업들의 주식을 팔았다고 들었습니다."

국내 기업들과 시장에서는 이러한 닉스홀딩스의 행동을 잘 못된 판단이라고 여겼다.

이중호 또한 한창 오르고 있는 IT 기업들의 지분을 파는 닉 스홀딩스의 모습을 어리석다고 생각했다.

그러나 지금 와서 보니 어리석은 것은 자신이었다.

"예, 저도 그 이야기를 들었습니다. 하지만 그때는 우리의 판단이 옳았습니다."

정용수 비서실장은 어떻게든 이중호 회장에게 용기를 주고 싶었다.

"예, 저도 그때의 판단에는 후회가 없습니다. 하지만 지금 생각하니, 너무 과한 욕심을 부린 것 같다는 생각이 듭니다. 대산을 안정시키는데 중점을 두어야 했는데……."

깍지 낀 두 손에 이마를 기댄 이중호의 두 눈에서는 후회의 눈물이 흘러내렸다.

대산그룹이 무너지는 것을 인정하고 싶지 않은 회한의 눈 물이기도 했다.

대산그룹은 한일 해저터널의 실패 이후 충분한 기회가 있었 지만, 과도한 빚으로 나눔기술을 인수하여 올인한 것이 실패 의 원인이 된 것이다.

대산유통과 대산건설의 연이은 부도는 결국 대산그룹의 해체를 알리는 신호탄이 되었다.

　대산그룹의 알짜배기 방산업체인 대산로템이 닉스홀딩스에 팔리는 것을 시작으로 대산그룹의 주요 기업들이 팔리거나 정리 작업에 들어갔다.

　나눔기술을 통해 재기를 노렸던 대산그룹은 오히려 나눔기술로 인해서 그룹이 해체되는 아픔을 맞이하게 되었다.

　31년 역사를 자랑하던 대산그룹이 결국 그룹의 간판을 떼고 역사의 뒤안길로 사라지고 만 것이다.

　　　　*　　　　　*　　　　　*

　내몽고에 주둔했었던 제65집단군이 선양 군구를 공격하기 위해 이동하자, 내몽고는 무장 공안밖에 남지 않았다.

　제65집단군의 주둔지를 지키는 병력은 있었지만, 그 숫자가 그리 많지 않았다.

　제65집단군 산하 제207보병여단의 무기고가 위치한 곳을 향해 수십 명의 인물들이 조용히 움직이고 있었다.

　달빛마저 없는 밤이었기에 위장복을 입은 인물들의 움직임을 알아채기가 쉽지 않았다.

"모두 위치를 잡았다."

─빈집털이를 시작한다.

무전을 주고받는 순간, 소형 트럭 하나가 무기고의 정문을 향해 맹렬하게 질주했다.

갑자기 나타난 소형 트럭을 향해 감시탑 위에 설치된 조명이 집중되었다.

"멈춰!"

정문을 경비하는 병사들이 소형 트럭을 향해 자동소총을 겨누며 소리쳤다.

병사들의 소리에도 아랑곳하지 않고 소형 트럭은 맹렬한 속도로 달려오고 있었다.

픽! 퍼픽! 콱!

경비병들이 사격을 가하려는 순간, 어디선가 날아온 총알들로 인해 조명이 박살 나고 경비병들이 쓰러졌다.

타다다다탕! 다다타탕!

경비병이 쓰러지자 감시탑에 설치된 기관총이 소형 트럭을 저지하기 위해 맹렬히 불을 뿜었다.

하지만 감시탑의 기관총은 곧바로 날아온 러시아제 코넷(9K135) 대전차미사일로 인해 잠잠해졌다.

콰쾅!

대전차미사일에 명중된 감시탑 상부는 그대로 무너져 내렸다.

타다다탕!

소형 트럭을 향해 몇몇 병사들이 총격을 가했지만, 소형 트럭을 멈추지는 못했다.

이윽고 소형 트럭이 굳게 닫힌 철문과 출동하는 순간, 거대한 불기둥이 솟구쳤다.

콰과쾅!

커다란 철문은 폭발음에 날아가 버렸고 높게 쌓아 올린 담벼락도 무너져 내렸다.

제207보병여단 무기고는 교도소를 수리해 만든 곳이었다.

"진입한다!"

위장막 아래에서 대기하던 인물들이 빠르게 무기고를 향해 달려갔다.

이들을 저지할 경비병들은 소형 트럭에 실렸던 폭발물과 함께 날아가 버렸다.

10분 뒤 무기고 내부가 정리되자 수십 대의 차량과 말을 탄 수백 명의 인물들이 무기고에 나타났다.

그들은 무기고 있는 무기와 탄약을 건네받은 후 중국 공안국이 있는 장소로 향했다.

내몽고의 무장 독립운동이 시작된 것이다.

이러한 움직임은 티베트와 신장 위구르에서도 동시다발적으로 벌어지고 있었다.

＊　　　　　＊　　　　　＊

선양 군구의 우려대로 지난 군구의 북해함대가 새벽을 이용해 다롄을 공격했다.

지난 군구와 난징 군구 소속 해군 육전대(해병대) 8천 명이 다롄에 상륙전을 벌였다.

북해함대의 구축함 전대의 호위를 받으며 63식 장갑차와 77식 수륙양용장갑차에 올라탄 육전대는 선양 군구 제16집단군 소속 46보병사단이 지키는 다롄항에 올라섰다.

11척의 구축함에서 쏘아 올리는 함포와 미사일 공격에 다롄은 순식간에 불바다가 되었다.

다롄 상공에서는 선양 군구와 베이징 군구 소속 전투기들의 공중전이 한창이었다.

이번 공격을 위해 베이징 군구는 최신예 MIG-27기를 대거 투입했다.

선양 군구 또한 다롄을 잃으면 선양은 남쪽과 서쪽에서 포위 공격을 받을 수 있었다.

"예상대로 북해함대가 다롄를 공격했습니다."

김만철 경호실장의 말이었다.

"흠, 다롄을 잃으면 선양 군구의 생각이 달라지겠지요. 하지만 너무 늦지 않아야 하는데 말입니다."

전세가 기울어지면 러시아군이나 북한군도 큰 피해를 볼 수 있었다.

"다롄이 함락되면 선양 사령부는 창춘으로 후퇴할 수밖에 없습니다. 지금 결단을 내리지 않으면 전세는 급격히 기울어질 것입니다."

코사크 정보센터장인 쿠즈민의 말이었다.

그의 말처럼 이미 친황다오를 방어하는 과정에서 선양 군구 산하 제39집단군이 적지 않은 피해를 보았다.

베이징 군구의 제27집단군과 제38집단군을 홀로 상대하기에는 역부족이었다.

"생각이 있는 사람들이라면 결단을 내리겠지. 전쟁에서 지는 순간, 본인뿐만 아니라 주변 사람들도 비참한 인생을 살아갈 테니까. 강경 일변도로 나가는 베이징의 태도가 우리에게 유리한 결과를 줄 거야."

베이징 당국은 강경했다.

독립을 주장한 선양 군구를 비롯한 3개 군구를 철저하게 응징하겠다는 태도만을 보였다.

그나마 유화적인 모습을 보이며 평화적인 대화를 주장하는 자오쯔양 총리의 말은 철저하게 무시되고 있었다.

"맞는 말씀입니다. 도망갈 구멍을 주어야만 하는데, 너무 일방적으로 몰아붙이는 것이 문제입니다."

김만철 경호실장의 말처럼 새롭게 주석에 올라선 리쮀청과 부주석인 장성민은 중앙군사위원회 시절부터 강경파였다.

특히나 장성민 부주석은 리쮀청 주석보다도 더욱 강경한 태도를 보였다.

"지금의 이러한 흐름은 우리에게 좋은 상황으로 해석하는 것이 맞습니다. 만약 선양 군구가 끝까지 도움의 손길을 원치 않는다면 플랜 B로 작전을 바꿀 것입니다."

중국으로 진입하기 위해 플랜 A와 B를 준비했었다.

플랜 A는 선양 군구가 러시아와 북한에 도움을 요청하는 것이었고, 플랜 B는 중국에 진출한 룩오일NY 산하 기업체가 공격을 당했을 때를 산정했다.

플랜 B는 러시아군만 중국에 진출하는 상황이 되는 것이다.

"러시아군만으로는 한계가 있을 수 있는데 말입니다."

"북한군이 중국에 진출할 방법은 선양 군구의 요청뿐입니다. 괜한 움직임은 자칫 역풍을 맞을 수 있습니다."

러시아군이 동북 3성의 북부를, 북한군이 남부를 담당하는 것이 가장 이상적이었지만, 전쟁은 명분이 중요했다.

명분 없는 전쟁은 침략일 뿐이며, 원래의 자리로 돌아올 뿐이었다.

"회장님의 말씀처럼 미군 또한 중국에 진입하기 위해서 대만과 접촉하고 있습니다. 아무리 미국이라도 명분이 없으면 중국에 진입할 수 없습니다."

중국 공산당에 밀려난 장개석의 국민당 정부는 본토를 돌아갈 꿈을 꾸며 지내왔다.

중국과 대만 사이에는 아직 끝나지 않은 전쟁을 하고 있었다.

지금까지 대만의 국민당 정부의 중국 본토 회복은 영원한 꿈으로 끝날 것만 같았지만, 지금 꿈이 현실로 바뀔 수 있는 상황이 벌어진 것이다.

*   *   *

츠펑 시에 자리 잡은 도시락마트는 다른 중국 상점과 달리 여전히 문을 열고 있었다.

식량과 생필품을 구매하려는 중국인들이 몰렸지만, 현장은 코사크 전투부대와 타격대가 통제했기 때문에 질서 있는 모습을 보였다.

식량과 물품 구매는 1인이 구매할 수 있는 범위가 정해져 있었고, 대금은 중국 원화가 아닌 외화나 금과 은과 같은 현물을 받았다.

중국 원화는 내전으로 값어치를 상실했을 뿐만 아니라, 위조지폐가 대량으로 유통되고 있었기 때문이다.

"쌀은 일인당 1kg으로 제한합니다. 한 봉지만 가져가십시오."

판매대에 올려진 물품을 계산하는 직원의 말에 30대 중반으로 보이는 사내의 얼굴이 구겨졌다.

"돈은 얼마든지 줄 테니까, 이번만 팔아."

달러를 뭉치를 내보이며 사내는 협박조로 말했다.

"안 됩니다. 1kg만 계산하겠습니다."

"내가 누군지 알아?!"

판매직원의 말에 사내는 고함을 내질렀다.

"모릅니다. 원칙대로 하지 않으면 다른 물품도 구매할 수 없습니다."

"내가 청방의 류하이룽이야. 츠펑에서 편하게 지내려면 내 말대로 해."

사내는 허리에 차고 있던 칼을 슬쩍 내보이며 말했다.

청방은 츠펑에서 활동하는 폭력 조직이었다.

그때 그와 일행으로 보이는 사내가 다시금 3㎏의 쌀을 계산대에 올렸다.

"분명히 안 된다고 했습니다. 두 분이니, 2㎏만 계산하겠습니다."

계산원이 다시금 확고하게 말했다.

"야! 죽고 싶어!"

3㎏의 쌀을 가지고 온 사내가 소리를 질렀다.

그러자 계산대 앞에 뒤에 있던 코사크 대원이 계산대로 다가왔다.

"무슨 일입니까?"

"규칙을 어겼어요."

중국인 계산원은 코사크 대원에게 말했다.

계산원이 코사크 대원에게 전달하는 말은 단 한 가지였다.

'규칙을 어겼다'란 말뿐이었다.

"나가주시오."

무장한 코사크 대원은 도시락마트 밖을 손으로 가리키며 말했다.

"하하! 이 새끼가 뭐라고 하는 거야?"

스포츠머리에 화려한 옷을 입은 류하이룽은 뒤에 서 있는 동료에게 말했다.

그때였다.

퍽!

철퍼덕!

코사크 대원은 손에 들고 있던 자동소총의 개머리판으로 자신을 비웃던 사내의 머리를 내리쳤다.

큰 충격을 받은 류하이룽은 그대로 바닥에 쓰러지며 정신을 잃었다.

그 모습을 본 류하이룽의 동료는 코사크 대원의 손짓에 도시락마트 밖으로 쏜살같이 달려 나갔다.

쓰러진 류하이룽은 코사크 대원에게 개 끌리듯 끌려서 마트 밖으로 내동댕이쳐 졌다.

코사크 대원들은 일체 자비가 없이 행동했고, 그러한 모습을 본 중국인들은 겁에 질려 질서를 지킬 수밖에 없었다.

중국인에게 식량과 생필품을 공급하는 것도 정부가 아닌 도시락마트라는 것도 중국인들이 인식하기 시작했다.

도시락마트에 공급되는 물품은 세계적인 물류 회사로 성장한 부란을 통해서 공급된다.

동북 3성에 진출한 도시락마트들은 내전으로 인한 전투가 치열한 상황에서도 문을 열 수 있는 것은 부란의 공급망 덕분이다.

여기에 코사크 전투부대가 부란의 직원들을 호위하며 물품을 공급했다.

중국에 진출한 외국계 물류 회사들은 이미 철수했거나 철수를 준비 중이었고, 유통 공급망이 멈춰진 상태다.

더구나 수출입을 담당하던 중국의 항구들이 제 역할을 하지 못하고 있었다.

이와 함께 중국 남부에서 보내지던 풍부한 농수산물의 공급이 끊긴 장시성, 인후이성, 허난성, 후베이성, 산시성, 충칭, 산둥성, 베이징과 톈진이 어려움이 가중되고 있었다.

더구나 베이징 당국은 전쟁에 승리하기 위해 물자 공급을 인민해방군에 집중했기에 더욱 힘들 수밖에 없었다.

"현재 C 지역을 지나고 있다. 특별한 이상은 없다."

부란의 화물 트레일러 여섯 대가 물품을 가득 싣고 도로를 달리고 있었다.

화물 트레일러 위에는 러시아 깃발과 부란을 알리는 표식이 부착되어 있었다.

화물 트레일러 앞뒤로는 코사크의 전투차량이 호위했다.

청더시와 차오양시 중간에 위는 링위안시로 향하는 물품이었다.

20분 정도 도로를 달릴 때였다.

도로에는 장갑차 여섯 대가 멈춰 서 있고, 도로를 통제하고 있었다.

장갑차 위에는 베이징 군구를 표시하는 깃발과 함께 제207보병여단 표식이 보였다.

베이징 군구 소속 제65집단군 산하 제207보병여단이 츠펑으로 향하는 도로를 차단한 것이다.

끼이익!

선두에 섰던 코사크의 전투차량이 멈춰 서자, 뒤따르던 화물 트레일러들도 일제히 멈췄다.

"우린 부란의 화물을 운송 중이다."

전투차량에서 내린 운송책임자인 구세프가 도로를 통제하고 있는 책임자에게 서류를 내보이며 말했다.

부란은 베이징 군구가 관할하는 지역에도 물자를 수송하고 있었다.

"어디로 가고 있나?"

"리위안 시로 가고 있습니다."

구세프와 동행한 중국인 트레일러 기사가 대답했다.

"리위안으로는 갈 수 없다."

상위 계급을 단 인물이 말했다.

그의 말에 트레일러 기사는 간단한 러시아어와 손짓을 통해서 갈 수 없다는 말을 전했다.

"우린 어디든지 갈 수 있는 통행증을 가지고 있다. 이 통행증은 베이징 당국에서도 허가한 것이다."

통행 서류를 다시 한번 상위에게 내밀었다.

"우린 그런 명령을 받은 적이 없다. 화물은 우리가 압수하겠다."

상위가 손짓하자 중국군 이십 명이 화물 트레일러로 향했다.

그러자 코사크 전투대원들은 화물 트레일러로 접근하는 중국군을 향해 총을 겨누었다.

"회사의 물품을 넘겨 줄 수 없다."

"지금은 전시인 걸 모르나? 놈들을 모두 체포해!"

상위의 말이 떨어지자 장갑차에 달린 기관총이 코사크 전투대원들을 향했다.

화물 트레일러 기사들은 겁에 질린 표정으로 뒤쪽으로 뒷걸음질했다.

"너흰 우릴 체포할 권한이 없다. 우릴 건드리면 외교적, 군사적 충돌일 일어날 수 있다."

구세프의 말에도 베이징 군구 소속 상위는 별다른 반응을 보이지 않았다.

"후후! 중국 땅에 들어온 놈들이 유세를 떨고 있어. 모두 체포해! 반항하면 무력으로 진압……."

제207보병여단 소속 상위의 말이 끝마치기 전에 반대편 차선에서 남쪽으로 가려던 승용차가 한 대가 갑자기 속력을 내며 내달렸다.

"멈춰!"

타다다다탕!

자동차를 향해 총격을 가하는 것이 시발점이었다.

코사크 전투대원들도 베이징 군구 소속 중국군을 향해 응사하기 시작했다.

*　　　　*　　　　*

"리위안으로 향하던 부란 운송팀이 베이징 군구 소속 207보병여단과 전투가 발생했습니다."

김만철 경호실장의 급하게 들어오며 말했다.

"통행증을 소지하지 않았습니까?"

"아닙니다, 통행증을 소지했는데도 공격을 받았다고 합니다."

"사망자가 나왔습니까?"

"아직 파악 중입니다. 다행스러운 점은 선양 군구 소속 제191 보병사단 정찰팀의 도움을 받았다고 합니다."

제191 보병사단은 선양 군구 제64집단군 소속이다.

제64집단군은 청더 공략에 실패하여 츠펑으로 후퇴했다.

"우리가 먼저 공격한 것은 아니겠지요?"

"예, 207보병여단이 먼저 총격을 가했다고 합니다. 영상이 확보되는 대로 보고 드리겠습니다."

부란의 운송팀을 호송하는 코사크 전투대원들은 소형카메라를 가지고 있었다.

중국군에게 공격을 받았다는 증거를 확보하기 위해서였다.

만약 통행증이 있는데도 선제공격을 가했다면 러시아군은 룩오일NY의 자산을 지키기 위해 동북 3성으로 진입할 것이다.

"확실한 증거만이 우리의 상황을 대변해 줄 수 있습니다."

"예, 현장을 수습하기 위해 타격대가 출동했습니다. 증거는 확실한 것으로 여겨집니다."

김만철 경호실장이 이야기가 끝마칠 때였다.

책상에 놓인 핫라인 전화에 빨간 불이 들어왔다.

핫라인 전화는 두 대로 북한과 선양 군구와 연결되어 있었다.

"여보세요?"

ㅡ조남기입니다. 러시아군의 도움을 공식적으로 요청합니다.

"알겠습니다. 큰 결단을 하신 것에 감사드립니다."

―북한에도 곧바로 연락을 취할 것입니다.

"전쟁은 오래 끌 필요성은 없습니다. 계획대로 청더와 친황다오를 확보한 후, 베이징 당국과 강화를 하겠습니다."

―예, 회장님의 뜻에 따르겠습니다. 그리고 부란과 도시락마트의 헌신에 깊은 감사를 드립니다. 두 회사가 없었다면 회장님을 믿지 못했을 것입니다. 그럼, 다음에 뵙겠습니다.

펑치안에서 있었던 부란 운송팀이 공격당한 소식은 조남기 부장에게도 보고되었다.

목숨을 걸고 선양 군구 내 도시들에 물품을 공급하는 부란과 도시락마트로 인해 인민들의 불만이 적다는 것을 조남기 부장도 잘 알고 있었다.

이러한 헌신적인 모습에 러시아군과 북한군의 참전을 반대했던 제16집단군과 제39집단군 사령관들이 마침내 받아들인 것이다.

이와 함께 선양 군구의 전세가 불리해진 것도 두 사람의 고집이 꺾일 수밖에 없었다.

"예, 몸조심하십시오."

러시아군과 북한군의 참전은 중국 내전의 향방을 바꿔놓을 것이다.

이제 꿈에 그리던 만주와 간도를 차지할 기회가 눈앞에 펼쳐졌다.

　　　　*　　　　　*　　　　　*

　T—80UD 전차와 BMP—3 장갑차를 앞세운 러시아군이 중국 국경을 넘었다.

　T—80UD 전차 122대와 BMP—P 장갑차 215대가 내는 굉음은 천지를 요동치듯이 대단했다.

　전차들의 앞으로는 Mi—24 하인드와 Mi—28 노치노이 오호트니크(밤의 사냥꾼) 대전차 공격 헬기 30대가 호위하듯 날아갔다.

　이미 러시아 공군의 수호이 Su—27기와 Su—30이 베이징 군구 소속 섬6(J—6)기와 섬7(J—7)와 공중전을 벌였고, 17대의 섬6기와 섬7기가 격추되었다.

　베이징 군구는 러시아군의 진입을 침략으로 규정하면서 맹렬히 비난했다.

　더불어서 제3차 세계대전이 촉발되었고, 러시아군을 끌어들인 선양 군구를 매국노로 표현했다.

　이와 함께 류경수 제105 땅크사단과 620포병군단이 다롄에 상륙한 지난 군구와 난징 군구 소속 해군 육전대(해병대)를 상대하기 위해 국경을 넘어 다롄을 향해 남하했다.

러시아군과 북한군이 선양 군구를 돕고 나서자 전세는 급격히 바뀌었다.

이와 함께 지난 군구와 난징 군구의 공격을 받았던 광저우 군구는 대만에 손을 내밀었다.

란저우 군구와 청두 군구는 통합하여 베이징 당국에 대항하기로 했다.

광저우 군구가 대만에 손을 내밀자 미국과 일본은 대만에 줄을 되어 내전에 참여하려고 했지만, 광저우 군구가 극구 반대하여 무산되었다.

한편으로 일본의 기동함대 소속 오야시오급 잠수함이 중국 근해로 접근하다 화물선과 충돌하는 사태가 벌어졌다.

오야시오급 잠수함과 화물선이 충돌한 지점이 중국해라는 것이 문제였다.

중국 내전이 진행되는 중이었지만, 제2차 세계대전 당시, 침략을 당했던 중국이었기에 베이징 당국을 비롯한 모든 군구들이 일제히 일본을 비난하고 경고를 보냈다.

일본은 남중국해에 머물던 기동함대를 일본 근해로 급하게 후퇴시켰다.

일본을 앞세워 중국과의 분쟁을 유도하려던 미국의 계획이 틀어지는 사건이었다.

"미국과 일본이 꼼수를 쓰려고 했던 것이 실패로 돌아갔습니다."

김만철 경호실장의 말처럼 일본은 중국의 공격을 유도하려는 움직임을 보였지만, 화물선과의 예기치 못한 충돌로 인해 계획이 틀어졌다.

"미국과 일본이 중국 내전에 직접 참여하고 싶은 생각이 간절할 것입니다. 하지만 해당 군구의 직접적인 요청이 없다면 이루어질 수 없는 일이지요."

러시아군과 북한군은 선양 군구의 공식적인 요청으로 참전했다.

더구나 베이징 군구가 약속했던 부란의 안전통행을 어기고 공격을 강행한 점도 러시아군의 동북 3성 진출에 정당성을 부여했다.

러시아군은 베이징 군구의 관할 지역을 공격하는 것이 아니라 선양 군구에 진입한 제27집단군과 제38집단군 그리고 제65집단군만을 공격했다.

"미국이 광저우 군구의 도움을 받지 못하자 청두 군구와 접촉을 하고 있습니다."

코사크 정보센터장인 쿠즈민의 말이었다.

미국은 어떡하든지 중국 내전에 참여하기 위한 작전을 펼치고 있었다.

"청두 군구가 받아들이지 않으면 티베트와 신장 위구르 독립 세력과 접촉을 할 거야. 물론 지금도 CIA와 DIA가 활동하고 있지만 말이야."

미국 CIA는 미군 정보부인 DIA와 함께 티베트와 신장 위구르의 독립을 위해 싸우는 무장 세력에게 무기를 공급하고 있었다.

하지만 불리한 전세를 역전시키기 위해서는 미군이 직접 관여하는 것이 중요했다.

"티베트의 독립은 가능할 것 같지만, 신장 위구르 지역의 중요성 때문에 란저우 군구가 허용할지가 문제입니다."

신장 위구르 자치지역은 카자흐스탄과 키르기스스탄, 타지키스탄, 파키스탄, 인도와 국경을 접하고 있는 중앙아시아의 방어를 위한 핵심이었다.

"쉽지 않을 거야. 신장 위구르가 떨어져 나가면 절반에 가까운 땅을 잃어버리는 것이 될 테니까."

쿠즈민의 말한 것처럼 티베트가 차지하는 비중과 신장 위구르가 차지하는 비중과 무게는 달랐다.

"내몽고에서 활발하게 이루어지는 독립투쟁으로 인해서 제65집단군 소속 제194보병사단이 시린궈러맹에서 이동 중이라고 합니다."

제194보병사단과 제207보병여단이 시린궈러맹에서 츠펑 시를 압박하려고 남진하던 중이었었다.

그러나 내몽고사치구에서 일어난 무기고 습격사건과 함께 공안국이 습격을 당했다.

중국 공안은 성(省)급 행정 기구에 공안청을, 현(縣)·시(市)급엔 공안국을, 그 하위 기구에는 공안파출소를 두고 있다.

"코사크 작전팀이 아주 잘해주었어. 러시아군이 동북 3성에 진입하기 전에 츠평을 잃었다면 상황을 달라졌을 거야. 청더 공략은 어떻게 되어가고 있지?"

"선양 군구 소속 제23집단군과 제39집단군이 동원될 예정입니다. 두 집단군은 다른 집단군과 달리 피해가 작았습니다. 러시아군은 시린궈러맹을 점령한 후 츠평를 공략할 것입니다. 베이징 군구가 동원할 전력은 제24집단군뿐입니다. 63집단군은 란저우 군구의 공격을 방어하기 위해 움직일 수 없습니다. 내일쯤이면 제공권을 장악할 수 있을 것으로 여겨……"

선양 군구는 러시아군과 북한군의 도움을 받음으로써 예비 전력으로 빼두었던 제23집단군과 제39집단군을 동원할 수 있었다.

후방을 걱정하지 않아도 되는 선양 군구와 달리 베이징 군구는 광저우 군구의 제41집단군과 제42집단군의 공격에 대비해야만 했다.

이와 함께 내몽고자치주의 무장 독립운동이 심상치 않았기 때문에 제65집단군 소속 병력의 발이 묶이고 말았다.

*   *   *

중국 내전과 닷컴 기업들의 몰락으로 인해 미국 주식시장의 폭락세는 멈출 기세를 보이지 않았다.

중국에서 수출하는 저렴한 제품들의 공급이 끊기자 미국의 물가는 빠르게 치솟았다.

인플레이션의 발생 가능성을 차단하기 위해 연방준비은행(FRB)은 결국 금리를 1.25%나 올리는 특단의 조치를 취했다.

이러한 조치는 주식시장에 찬물을 끼얹지는 행위였고, 채권으로 돈이 몰리는 현상으로 이어졌다.

이름을 날리던 닷컴 기업들의 몰락은 미국 경제에도 큰 타격을 주는 행위였고, 이러한 기업에 자금을 투자했던 투자 은행들의 사정도 심각해질 수밖에 없었다.

더구나 중국 내전 발생으로 인해서 파생 상품과 옵션에서 천문학적인 손해를 본 골드만삭스와 시티뱅크, JP모간 체이스, 뱅크 오브 아메리카, 웰스 파고, 모건스탠리, 리먼 브러더스의 손실이 수천억 달러에서 1조 달러가 넘어선다는 소문이 시장에 퍼져나갔다.

이들 중에서 3개 이상의 투자은행들이 곧 파산할 수 있다는 소문이 퍼지자 시장은 혼돈 그 차제였다.

이미 퀀텀펀드와 타이거펀드 그리고 롱텀캐피털매니지먼트(LTCM)의 몰락을 겪은 미국이었기에 이번 파장은 쉽게 수습할 수 없는 방향으로 흘러가고 있었다.

문제는 미국의 내로라하는 세계적인 투자은행들 모두가 피해를 보았다는 것이다.

이번 사태로 유일하게 손해를 보지 않은 은행은 소빈뱅크로, 오히려 막대한 수익이 발생했다는 소식이 전해졌다.

"FRB 의장인 그리스펀과 맥도너 뉴욕연준 총재가 회장님을 뵙길 원합니다."

룩오일NY의 루슬란 비서실장의 말이었다.

"이와 함께 골드만삭스 회장인 존 코자인과 시티그룹의 루빈 회장도 다급하게 회장님을 뵙길 청하고 있습니다."

미국의 소빈베어스턴스을 이끄는 존 소콜로프가 말을 이었다.

"다들 똥줄이 탔군. 골드만삭스와 시티뱅크가 토해내야 할 돈이 얼마나 되지?"

"현재까지 2천6백억 달러입니다. 이번 달 말이면 3천3백억 달러로 늘어날 것입니다."

두 투자은행은 닷컴 기업의 투자로도 수백억 달러의 손실이 발생했다.

"두 회사가 가장 큰 손실이 발생한 건가?"

"예, 그다음으로는 리먼 브러더스가 1천억 달러의 손실이 발생했습니다. 다들 저희와 계약을 맺은 파생 상품과 옵션계약을 통해서 손실이 늘어났습니다. 모건스탠리와 JP모건도……."

뉴욕금융센터장인 로마노프 강의 설명이 이어졌다.

소빈뱅크는 중국 내전과 같은 발생 빈도가 지극히 낮은 천재지변 같은 일이 발생하지 않는 한은 손해 볼 수 없는 파생 상품을 만들어 투자은행들과 계약을 맺었다.

중국 내전을 두고서 마지막 베팅을 한 것이다.

만약 중국 내전이 발생하지 않았다면 소빈뱅크 또한 1조 달러 이상의 금액을 토해내야만 했다.

"우리가 인수할 수 있는 은행은 어디지?"

"시티뱅크가 유력합니다. 시티뱅크는 IT 기업들의 투자에 있었어도 1천3백억 달러의 손실이 발생했습니다. 무디스에서 곧 신용 등급을 두 단계 내릴 예정입니다."

존 소콜로프의 말이었다.

시티뱅크뿐만 아니라 골드만삭스, 리먼 브러더스, 모건스탠리 등의 투자 은행들의 신용 등급도 내려갈 태세였다.

"나쁘지 않군. 골드만삭스까지 욕심을 내면 웨스트 놈들이 반발이 심할 테니까."

"예, 독과점을 제기하고 나올 수도 있습니다. 시티뱅크만 인수한다고 해도 이스트나 웨스트에서 저희와 대적할 은행은 없습니다."

소빈뱅크 은행장인 이고르가 자신감 넘치는 어투로 말했다.

이미 소빈뱅크는 프랑스의 소시에테제너럴과 독일의 뱅커스트러스트의 인수가 결정되어 명실상부 세계 최대 은행에 등극했다.

소빈뱅크에 인수된 두 은행 모두가 닷컴 기업의 몰락에 따른 손실과 함께 소빈뱅크가 놓은 덫에 걸려들었다.

두 은행도 프랑스의 프랑스텔레콤과 독일의 도이치텔레콤 주식의 폭락과 함께 미국 닷컴 기업의 투자에도 실패했다.

"일본 쪽은 어떻지?"

"일본도 심각한 상황입니다. 일본의 대표적인 닷컴 기업인 소프트뱅크와 히카리통신 등 IT 기업들의 주가 폭락으로 인해 발생한 여파가 일본 은행들을 덮쳤습니다. 여기에 저희가 판매한 파생 상품을 매입했기 때문에……."

일본 은행들도 소빈뱅크가 판매한 파생 상품을 대거 사들였다.

일본 은행들은 일본 정부가 경기 부양을 위해 대규모 채권 발생을 계획하면서 은행들이 보유한 채권값이 급락하면서 막대한 손실을 보았다.

이를 만회하기 위해서 소빈뱅크가 발생한 파생 상품을 대거 사들였었다.

하지만 중국 내전과 닷컴 버블이 꺼지면서 엄청난 후폭풍에 휩싸이고 있었다.

"3~4개 정도의 대형은행이 파산할 것으로 보입니다. 이와 함께 저희에게서 소프트뱅크 주식을 사들인 소니도 주가 폭락 사태로 위기에 빠졌습니다. 여기에 몇몇 제조회사들도……."

소빈사쿠라은행을 이끄는 데이비드 최의 말처럼 일본도 최악의 사태를 맞이하고 있었다.

소니는 소빈뱅크에 6조 7천억 원을 주고서 소프트뱅크 지분을 사들였었다.

*　　　　　*　　　　　*

내몽골자치구로 이동 중이던 65집단군 소속 제194보병사단이 매복에 걸려 큰 피해를 당하는 일이 발생했다.

더구나 제194보병사단을 도우려고 출동했던 헬기부대가 러시아 공군에 의해서 괴멸되는 사태까지 벌어졌다.

연전연승으로 선양 군구를 몰아붙이던 베이징 군구의 사기를 꺾는 일이었다.

더구나 예상치 못하게 란저우 군구의 제47집단군이 전략 요충지인 우웨이시를 점령하는 일이 발생했다.

방어를 맡았던 베이징 군구 소속 제63집단군 소속 제81보병사단의 배신으로 어이없게 우웨이를 잃었다.

이와 함께 식량 공급을 받지 못한 베이징 시민들에 의한 대규모 시위가 발생했다.

상하이시와 난징시에서도 물자 공급을 요구하는 시위가 일어났다.

더구나 내전으로 인해서 중국 기업들이 회생할 수 없을 정도로 타격을 받고 있었다.

지루한 내전이 지속된다면 이제 막 성장하려 했던 중국 제조업은 한없이 몰락할 수밖에 없었다.

이러한 일련의 사태가 베이징 당국을 더욱 어렵게 만들었고, 휴전을 맺으라는 여론이 형성되기 시작했다.

국제사회도 닷컴 버블과 중국 내전으로 인한 경제적 피해가 감당할 수 없을 정도로 커지자 G7 회의를 급하게 소집하여 중국 내전에 대한 중재에 나섰다.

Chapter 14

　베이징 당국의 혼란은 가중되었다.

　악어와 악어새처럼 유기적으로 협력 관계가 이루어져야 하
는 베이징 군구와 지난 군구 그리고 난징 군구가 삐걱거리기
시작했다.

　베이징 군구에서 두 군구에서 2개 집단군을 차출하여 선양
군구를 공격하려고 했기 때문이다.

　문제는 지난 군구와 난징 군구는 베이징 당국의 명령을 따
르지 않았다.

　광저우 군구가 도움을 요청한 대만군이 본토에 상륙하여

난징 군구를 공격했기 때문이다.

더 나아가 청두 군구와 란저우 군구가 지난 군구까지 공격하자 병력을 뺄 수 있는 여력이 없었다.

이미 다롄에 상륙했던 해군 육전대(해병대)는 푸란뎬에서 북한군 류경수 제105땅크사단과 620포병군단이 밀려 다롄으로 후퇴했다.

문제는 육전대가 전차를 상대할 상법이 없다는 것이었다.

상륙함 부족으로 인해 2차 상륙 때 전차를 지원받기로 했지만, 기다리던 2차 상륙은 이루어지지 않았다.

오히려 육전대를 지원하려던 북해함대 구축함 2대가 북한해군의 300톤급 상어급 잠수함에 격침되는 일이 벌어졌다.

북한해군은 선양 군구를 지원하기 위해 잠수함부대를 대거 발해만으로 진입시켰다.

중국의 2천 톤급 골프급 잠수함들은 미국 7함대와 3함대를 견제하기 위해 남중국해로 이동한 상태였다.

자신의 앞바다라고 생각했던 발해만에서 구축함이 격침되자 북해함대의 작전 범위가 축소되었다.

북해함대는 7함대를 견제하는 동해함대를 지원하기 위해서 상당수의 구축함을 남쪽으로 내려 보냈다.

쾅!

"지금 선양 군구를 제압하지 못하면 다른 군구의 독립도 막을 수 없단 말이야!"

장성민 부주석이 전화기가 부서질 정도로 강하게 수화기를 내려놓았다.

지난 군구의 사령관인 리스밍이 장성민 부주석의 요구를 거절했다.

지난 군구 제20집단군 산하 제58기계화보병 사단과 제13기갑여단을 베이징 군구로 이동하라는 명령을 듣지 않은 것이다.

"리스밍! 이 새끼가 누구 때문에 사령관이 되었는데."

장성민 부주석은 크게 분노했지만, 지금 당장 리스밍 사령관을 어떻게 할 방법이 없었다.

만약 지난 군구가 다른 마음을 먹으면 베이징 당국은 전쟁을 지속할 여력이 사라질 수밖에 없었다.

"부주석 동지, 베이징에서 또다시 폭동이 일어났습니다. 이번에는 정말 심상치가 않습니다."

베이징 공안청을 담당하는 탕향영 청장이 급하게 전했다.

"도대체 당신은 뭐 하는 거야? 폭동이 일어나도록 그냥 놔두었단 말이야!"

리스밍과의 통화로 인해 화가 머리끝까지 난 장성민 부주석이 소리를 지르며 말했다.

"치안을 유지할 병력이 부족합니다. 이번에도 전선으로 공안 병력이 빠져나가서 저희로서는 역부족입니다."

탕향영 청장의 말처럼 러시아와 북한의 참전으로 인해서 선양 군구와의 전투 방향이 백팔십도 바뀌었다.

막강한 화력으로 선양 군구를 밀어붙였던 베이징 군구는 선양 군구의 반격으로 인해서 점령한 지역에서 후퇴 중이었고, 츠펑을 방어하기 위해 총력을 기울이고 있었다.

이 때문에 공안 병력이 대거 츠펑 방어에 동원되었다.

"탕향영! 츠펑으로 가고 싶어?"

"아닙니다."

탕향영은 정성민 부주석의 눈을 마주치지 못한 채 고개를 숙이며 말했다.

츠펑으로 가는 것은 돌아올 수 없는 다리를 건너는 것이라는 것을 잘 알고 있었기 때문이다.

"그럼, 가서 놈들을 장갑차로 밀어붙이든지! 어떻게 해서라도 막으란 말이야! 며칠 내로 선양 군구를 쓸어버릴 테니까."

"알겠습니다."

탕향영은 장성민 부주석에게 경례를 붙인 후에 부주석실을 나왔다.

그리고 그가 향한 곳은 폭동이 일어난 천안문 광장이 아닌 자오쯔양 총리가 있는 곳이었다.

탕향영 청장은 수십만 명의 사람들을 죽일 수도 있는 제2의 천안문 사태를 일으킬 생각이 없었다.

그 책임이 자신에게 돌아온다는 것은 탕향영은 잘 알고 있었다.

폭동에 근본적인 원인은 식량과 생필품의 공급 부족에서 오는 것이었다.

더구나 선양 군구에 속한 동북 3성은 식량 부족으로 인한 폭동을 찾아볼 수 없었다.

그것은 곧, 베이징 군구를 비롯한 다른 군구에서 공통으로 벌어지는 일들이 일어나지 않는다는 말이기도 했다.

＊   ＊   ＊

이례적으로 미국의 연방준비은행(FRB) 의장인 앨런 그리스펀와 부의장이자 뉴욕연준 총재를 맡고 있는 맥도너가 한국을 비밀리에 방문했다.

FRB의 의장과 부의장이 한 나라를 동시에 방문하는 일은 거의 없는 일이었다.

두 사람은 언론을 피해 곧장 닉스햐얏트로 향했다.

"다시 만나서 반갑습니다."

뉴욕연준 총재인 맥도너에게 손을 내밀었다.

"그동안 얼굴이 더 좋아지신 것 같습니다."

"하하하! 그런가요? 어서 오십시오."

맥도너의 말에 난 웃으면서 FRB의 그리스펀 의장과 악수를 하였다.

"반겨주셔서 감사합니다."

그리스펀 의장은 나에게 고개를 숙이며 말했다.

미국과 세계 경제를 쥐락펴락하는 두 사람이 급하게 나를 찾아온 이유는 하나였다.

나락으로 떨어지고 있는 미국의 경제와 세계 경제를 회복시키는 방안을 모색하기 위해서였다.

지금 미국의 은행들과 기업들은 어두운 터널에 들어가 출구를 찾지 못하는 상황이라고 할 수 있었다.

터널에서 길잡이 되어줄 빛을 줄 수 있는 곳은 오직 룩오일 NY의 소빈뱅크뿐이었기 때문이다.

만약 중국의 내전이 터지지 않았다면 두 사람은 날 찾아오지 않았을 것이다.

그것은 곧 소빈뱅크의 몰락으로 이어지는 일이었고, 미국 투자은행들이 막대한 돈을 벌어들였을 것이기 때문이다.

"자, 앉으시지요. 오늘 나누어야 할 이야기가 많을 것 같습니다."

두 사람 외에도 미국의 소빈베어스턴스뱅크를 이끄는 존 소콜로프와 일본 소빈사쿠라은행의 데이비드 최, 그리고 소빈서울뱅크의 그레고리가 함께했다.

"이야기에 앞서 단도직입적으로 말씀드리겠습니다. 소빈뱅크에서 시티뱅크와 골드만삭스를 인수해 주시길 요청드립니다."

뉴욕연방준비은행 맥도너 총재가 자리에 앉자마자 입을 열었다.

'생각보다 심각한 것 같군······.'

"흠, 저희가 두 은행을 인수하기에는 부담되는 문제입니다. 그 정도의 여유가 있을지도 문제입니다."

나는 소빈베어스턴스뱅크를 책임지고 있는 존 소콜로프를 보며 말했다.

"현재로서는 저희가 감당할 수 없습니다. 저희의 재정적 능력도 문제지만, 두 은행의 손실이 시장에 알려진 것보다 클 수 있다는 것이 문제입니다."

소콜로프는 내가 원하는 답을 해주었다.

사실 골드만삭스와 시티뱅크를 인수할 여력은 충분했지만, 소빈뱅크의 자금만을 쓸 필요는 없었다.

더 많은 것을 FRB에서 얻어내야만 했다.

"저희가 어느 정도는 지원을 해드리겠습니다. 지금 시장이

제 역할을 하지 못하고 있습니다. 자칫 잘못하면 모두가 공멸할 수 있습니다."

그리스펀 의장이 쓰고 있던 뿔테 안경을 올리며 심각하게 말했다.

그의 말처럼 중국 내전으로 인해 엎친 데 덮친 격으로 주식시장과 금융시장 모두 시간이 지날수록 요동치며 혼란이 가중되고 있었다.

"무슨 말씀인지는 알겠습니다만, 자금이 얼마나 들어갈지 모르는 상황이라 선뜻 결정하기 힘든 부분입니다."

"회장님의 말씀처럼 두 은행의 손실이 4천억 달러에 달하고 있습니다. 더구나 손실 부분이 아직 확정된 것이 아닌 것도 우려스러운 일입니다."

소빈서울뱅크의 그레고리의 말이었다.

"저도 선뜻 내키지 않습니다. 저희가 인수를 한다고 해도 부실을 털어내기 위해서는 상당한 자금이 들어갈 것입니다. 굳이 위험을 감수할 필요가 없을 것 같습니다.

그레고리의 말에 일본의 소빈사쿠라은행을 책임지고 있는 데이비드 최가 동조하듯이 말했다.

서로의 역할을 알고 있는 듯이 죽이 아주 잘 맞았다.

두 사람의 이야기에 뉴욕연준의 맥도너 총재와 FRB의 그리스펀 의장의 표정이 굳어졌다.

"충분한 지원을 해드릴 것입니다. 지금 두 은행을 인수할 수 있는 곳은 소빈뱅크뿐입니다. 아시다시피 다른 은행들의 사정도 좋은 편이 아닙니다. 다른 은행들에게도 재정적 지원이 불가피한 상황입니다."

맥도너 총재는 애원하는 듯한 눈빛으로 말했다.

그의 말처럼 미국과 유럽의 투자 은행들도 막대한 손실을 기록하고 있었다.

그렇기 때문에 막대한 자금을 동원해서 세계적인 투자 은행인 시티뱅크와 골드만삭스를 인수할 여력이 없었다.

"다시 한번 말하지만 두 은행을 인수할 여력이 없습니다. 만약 두 은행을 인수하더라도 독점금지법으로 인해서 의회의 조사를 받을 수 있습니다."

미국 의회는 의회조사국을 통해서 특정 기업이 관련 시장에서 독과점적인 지위를 행사하는 경우가 입증되면 독점기업 분할 명령을 내릴 수 있었다.

이는 특정 기업이 과도한 시장 지배력을 갖지 못하도록 제한하여 시장경제의 원리를 회복시키겠다는 것이다.

"그 문제에 대해서는 염려하지 않으셔도 됩니다. 미 행정부와 의회는 시장 붕괴를 막는 것이 더 급선무라는 것을 알고 있습니다. 소빈뱅크가 두 은행을 인수하는 것에 전혀 반대하지 않을 것입니다."

"이미 법무부와 연방거래위원회(FTC)와도 이야기를 끝냈습니다. 지금 당장 급한 불을 끄지 않는다면, 모든 투자 은행들로 불길이 번질 것입니다. 이것은 곧 지금까지 겪어보지 못한 사태에 직면할 수 있습니다. 솔직히 뱅크런(대량 예금인출)을 염려할 정도로 심각한 상태입니다."

그리스펀 의장과 맥도너 총채가 솔직한 이야기를 꺼내놓았다.

지금 미국의 경제 사정은 언론에 알려진 것보다 심각한 상황이었다.

이미 거액을 움직이는 인물들의 자금이 이동 중이었고, 그들의 최종 목적지는 소빈뱅크였다.

북미와 유럽 그리고 일본의 은행들은 지금 망할 은행들에 대한 살생부가 돌고 있었다.

"흠, 저희도 세계 경제가 어려움에 빠지는 것을 원치 않습니다. 그렇다고 해도 이익이 없는 곳에 투자는 할 수 없습니다. 이제야 합병한 베어스턴스의 사업 분야를 정상화시킬 수 있었습니다. 다시금 부실한 은행을 인수하여 어려움을 가져갈 필요성은 없다고 봅니다. 더구나 프랑스와 독일 투자은행의 인수가 결정된 상태라 자금 흐름에도 신경을 써야 할 때입니다."

내 말에 두 사람의 얼굴은 더욱 굳어졌다.

소빈뱅크가 프랑스의 소시에테제너럴과 독일의 뱅커스트러

스트를 인수를 결정한 사실은 그리스펀 의장과 맥도너 총채도 알고 있는 사항이다.

"전 세계 주식 및 채권시장이 붕괴될 수 있습니다. 그러면 소빈뱅크도 큰 손실을 볼 수 있습니다."

그리스펀 의장이 날 보며 말했다.

"하하하! 뭘 잘못 알고 계시는 것 같습니다. 저희는 주식과 채권시장이 어려움에 빠질수록 더욱 이익이 발생하고 있습니다. 만약 금융시장이 붕괴된다면 소빈뱅크는 다시금 시장을 일으킬 수 있는 돈과 권력을 쥐게 될 것입니다."

전 세계 모든 투자은행과 기관들이 무너져도 소빈뱅크는 아니었다.

오히려 시장이 혼란에 빠질수록 소빈뱅크의 이익은 늘어났고, 망한 은행들을 거저줍다시피 할 수 있었다.

"원하시는 것이 무엇인지 말씀하십시오. 이스트와 웨스트의 최고 결정 기구인 가이아위원회에서 백지 위임장을 받아왔습니다."

미국 금융을 실질적으로 움직이는 맥도너 뉴욕연준 총채의 말이었다.

그리스신화의 가이아(신들의 어머니)를 모태로 태동된 가이아위원회는 실질적으로 전 세계를 좌지우지하는 최고 기관이었다.

'드디어 때를 이룰 수 있게 되었구나.'

"원화와 루블화의 기축통화 지위를 원합니다."

방 안에 있던 모든 사람들이 내 말에 놀라는 표정을 지었다.

누구도 내 입에서 기축통화라는 말이 나올지 몰랐다.

"흠! 자금 지원은 얼마든지 가능합니다만, 기축통화는 그에 걸맞은 국력과 시스템을 갖추어야만 합니다. 아직 한국과 러시아는 그만한 능력을 갖추지 못했습니다."

맥도너 총재는 단호하게 말했다.

"국력과 시스템은 만들어가면 될 것입니다. 아니, 충분한 능력을 이미 갖추고 있다고 해야겠지요. 닉스홀딩스와 룩오일 NY을 가진 나라니까요."

닉스홀딩스와 룩오일NY는 한국과 러시아를 벗어나 전 세계를 주 무대로 활동하는 초일류 기업으로 거듭나고 있었다.

석유와 천연가스를 비롯하여 전 세계에서 채굴되거나 생산되는 광물들의 가격을 좌지우지할 정도로 커진 룩오일NY Inc와 닉스코아는 물론이고, 메모리 반도체와 통신용 칩 시장을 석권한 블루오션반도체는 이제 비메모리 분야에서도 막대한 투자를 진행하고 있었다.

여기에 닷컴버블로 인해 파산하기 시작한 전 세계 IT 기업과 벤처기업들의 특허권을 사들이고 있는 NS코리아는 이미 미국에서 가장 강력한 로비를 진행하는 기업이다.

미국 법인인 NIX는 북미의 만화 시장 양대 거두인 마블과 DC코믹스는 물론 인수 후 3배로 커진 ESPN 스포츠 채널을 소유하고 있었다.

여기에 영화사인 워너 브라더스는 물론 파라마운트까지 인수했고, 지금은 어려움을 겪고 있는 넷플릭스의 인수를 추진하고 있다.

북미 시장을 석권한 후에 전 세계로 뻗어 나간 닉스와 닉스커피는 물론 국제 제약 업계에 신흥 강자로 올라선 닉스제약은 M&A를 통해서 몸집을 불리고 있었다.

두 그룹의 계열사들은 전 세계에서 두각을 나타내며 시장 지배율을 넓혀가고 있었다.

여기에 전 세계 최고 투자은행에 올라선 소빈뱅크는 올해 이익이 1조 달러를 넘어설 것이 확실시되었다.

작년 미국의 GDP는 9조 6천6백억 달러였고, 무섭게 성장한 중국의 GDP는 1조 9백억 달러였다.

소빈뱅크 하나가 중국 내 총생산과 맞먹는 이익을 발생시킨 것이다.

국가를 넘어선 초일류 기업의 길을 닉스홀딩스와 룩오일NY가 걸어가고 있었다.

장성민 부주석이 베이징 공안청과 베이징을 방어하는 제1보
병사단에 의해 체포되었다.

국가주석인 리쭤청은 가택 연금을 당하는 처지를 맞이했
다.

베이징 당국은 리쭤청이 건강상의 문제로 국가주석을 자오
쯔양 총리에게 양도했다는 성명을 즉각적으로 발표했다.

두 사람의 실각에 이어 자오쯔양 총리가 국가주석에 올라
섰다는 소식에 베이징 군구와 난징 군구 그리고 지난 군구는
환영의 뜻과 함께 지지를 표명했다.

국가주석에 오른 자오쯔양은 내전을 종식할 방안을 모색할
수 있는 다자간 협의를 진행하자는 뜻을 선양 군구와 광저우
군구, 란저우 군구, 청두 군구에 보냈다.

이와 함께 협상 진행을 위해 각 지역에서 벌어지는 전투를
정각 14시부터 중지하자고 제의했다.

독립을 원하는 군구들은 자오쯔양 국가주석의 제의를 받
아들였고, 내전이 벌어지기 전의 위치로 각 군구의 부대를 이
동하자는 뜻을 전달했다.

자오쯔양 국가주석은 독립을 원하는 네 개 군구의 제안을
받아들였다.

이에 따라 베이징 군구는 선양 군구의 지역에서 후퇴했고, 란저우 군구는 베이징 군구 지역에서 물러났다.

나머지 군구들도 원래의 자리로 되돌아갔다.

중국 내전은 중국뿐만 아니라 전 세계의 경제에 악영향을 끼쳤다.

급속한 경제 성장을 이룩하던 중국은 내전으로 인해서 민간 및 산업 시설 들이 상당한 피해를 입었을 뿐만 아니라 6만 명에 달하는 전사자와 함께 1백만 명이 넘어서는 부상자가 발생했다.

더구나 대만은 물론 러시아와 북한을 끌어들이는 결과로 이어졌다.

"새로운 중국을 만들기 위해서는 우리 모두 하나가 되어야만 합니다. 이전과 같은 실수는 사라져야 하고 다시금 집단지도체제로 복원하여 중국을 이끌어 가야……."

자오쯔양 국가주석은 종전을 협의하는 자리에서 하나의 중국을 내세웠다.

중국 분열을 어떻게든 막고 싶은 것은 자오쯔양도 똑같았다.

"이미 중국은 하나가 될 수 없습니다. 다시 하나가 된다는 것은 지금 상황에서는 아무런 의미도 없습니다. 더구나 집단지도체제는 실패한 제도일 뿐입니다."

광저우 군구를 이끄는 쉬펀린 사령관이 고개를 좌우로 저으며 말했다.

"저 또한 무의미하다는 것을 말씀드립니다. 우리 선양은 공산주의체제를 버리고 민주주의체제로 전환할 것입니다. 서로가 원하는 길로 가는 것이 내전을 끝내는 길입니다. 다시금 똑같은 실수를 반복할 수는 없습니다."

선양 군구를 이끄는 조남기 부장 또한 확고하게 말했다.

"흠, 저는 단지 하나의 중국을 통해서 새로운 길을 모색하자는 것입니다. 지금 중국이 네 개 나라로 분열한다면 대국으로 나아가는 것은 허상일 뿐입니다."

짜오즈양 국가주석은 다시금 호소하듯이 말했다.

청두 군구와 란저우 군구는 각자가 독립하는 것이 아닌 하나로 합하기로 했다.

"그건 짜오즈양 주석의 생각일 뿐입니다. 서로가 경쟁하고 협력하는 관계를 맺으면 되는 것입니다. 네 개로 갈라진다고 해서 서로의 왕래를 막거나, 제한을 두지 않으면 될 일입니다. 이미 정해진 흐름을 되돌리려고 한다면 다시금 서로에게 총을 겨눌 뿐입니다."

쓰링허우 청두 군구 사령관이 못을 박는 말을 했다.

"후! 내전은 인민들에게 큰 아픔을 선사할 뿐입니다. 여러 분들의 뜻을 잘 알았습니다. 이젠 각자가 원하는 길을 걸어갈 수밖에 없는 것 같습니다. 쓰링허우 사령관의 말처럼 왕래의 제한을 두지 않고 경제협력을 긴밀히 한다면… 네 개로 갈라 진다고 해서 하나의 중국으로 합쳐지는 길을 미래에는 찾을 수 있을 것입니다."

짜오즈양 주석은 독립을 원하는 세 개 군구의 뜻을 받아들였다.

더 이상의 전쟁은 중국을 위해서도 좋은 일이 아니었다. 그렇다고 독립을 원하는 군구를 힘으로 제압할 수 있는 상황도 아니었다.

"하하하! 훌륭한 결단입니다. 서로가 선의의 경쟁을 통해서 협력한다면, 하나의 중국일 때보다 더욱 발전하는 네 개의 중국이 될 수 있습니다."

선양 군구의 조남기 부장은 얼굴 만면에 미소를 지으며 화통한 웃음을 토해냈다.

"하하하! 맞습니다. 우린 서로에게 총을 겨누지 않을 것입니다. 우리의 적은 따로 있지 않습니까?"

쉬펀린 사령관도 큰 소리로 웃으며 말했다.

회의에 참석한 인물들은 종전과 함께 세 개 군구의 독립에도 합의했다.

베이징 군구와 지난 군구 그리고 난징 군구는 중국이라는 명칭을 그대로 사용하기로 했다.

하나가 된 란저우 군구와 청두 군구는 서중국으로, 광저우 군구는 남중국으로, 선양 군구는 동중국으로 칭하기로 했다.

하나의 중국이 다시금 네 개로 갈라지는 일이 21세기에 일어난 것이다.

Chapter 15

　FRB의 의장인 그리스펀는 미국으로 돌아갔지만, 뉴욕연방
준비은행의 맥도너 총재는 계속해서 소빈뱅크와 협상을 진행
했다.

　이와 함께 이스트와 웨스트 세력의 실질적인 리더 가문인
로스차일드 가문의 데이비드 로스차일드 II세와 킹덤 마스터
로 불리며 록펠러 가문을 이끄는 스티븐 록펠러 3세가 한국
을 방문했다.

　두 사람 모두 한국 방문은 처음이었다.

　세계 금융시장의 혼란을 수습하기 위해서 실질적인 FRB(미

연방준비은행)의 주인들이 한국을 찾은 것이다.

두 사람은 남산에 자리 잡은 닉스호텔에 여장을 풀었다.

"표도르 강은 아직 연락이 없나?"

스티븐 록펠러 3세가 비서를 보며 물었다.

"예, 아직 연락이 없습니다."

"후후! 이젠 우리가 표도르 강의 전화를 기다리는 신세가
되었나?"

스티븐 록펠러 3세가 데이비드 로스차일드 II세를 바라보며
말했다.

"세상이 달라졌다는 것이겠지."

씁쓸한 표정으로 데이비드 로스차일드 II세가 말했다.

그는 코사크의 공격이 임박했다는 정보를 듣고서 한국을
급하게 찾았다.

이미 그를 보호하던 용병 조직과 이탈리아 마피아는 코사
크와 러시아 마피아에게 지리멸렬(支離滅裂)했다.

"정말이지 놀라운 일이야. 우리가 100년이 걸린 일을 표도
르 강은 단지 10년 만에 이루어냈으니."

"표도르 강은 인간이라고 할 수 없는 인물이지. 지금까지
우리의 공격을 받고 살아난 인물이 없었는데 말이야."

데이비드 로스차일드 II세의 말처럼 웨스트와 이스트 세력

은 지구상에 있는 어떤 인물이든지 간에 자신들의 일에 반기를 든 인물들을 제거했다.

미국의 링컨 대통령으로부터 케네디 대통령까지 그리고 전세계 주요 국가의 지도자들과 단체의 수장들이 두 세력에게 죽임을 당했다.

"후후! 이젠 우리가 표도르 강의 공격을 걱정하게 될 줄이야. 정말, 아이러니한 일이 된 거지."

"CIA와 MI6가 우리에게 등을 돌린 상황에서 코사크와 FSB(러시아연방안전국)를 막아낼 방법도 없으니까."

미국의 CIA와 영국의 MI6에 만들어 두었던 조직이 유럽과 러시아 그리고 아프리카 작전이 실패하면서 자체적으로 육성했던 용병 조직도 괴멸되었다.

"이젠 세상을 둘로 나눌 수 없게 되었다는 것이 문제겠지. 또 하나의 세력을 인정해야 하니까."

데이비드 로스차일드 II세의 이야기를 마칠 때 비서가 다가왔다.

"표도르 강 회장 측에서 연락이 왔습니다. 닉스하얏트에서 저녁 6시에 만나자고 합니다."

"2시간 남았군. 알았다고 전해."

스티븐 록펠러 3세가 손목시계를 보며 말했다.

두 사람이 소유한 재산들이 날아가지 않기 위해서도 록오일NY을 이끄는 표로르 강의 협조가 반드시 필요했다.

*　　　　　*　　　　　*

중국에서 떨어져 나온 동중국과 서중국 그리고 남중국은 공시적으로 독립을 선언했다.

하지만 그동안 벌어진 보름간의 내전은 중국에 막대한 피해를 줬다.

인명 피해는 물론이고 제조업 강국으로 떠오르는 중국의 산업단지가 큰 피해를 입었다는 것이 문제였다.

전쟁 물자를 생산할 수 있다는 염려 때문에 군기지와 함께 산업단지들이 폭격을 당했다.

이와 함께 발전 설비와 건물 그리고 군대의 진군을 막기 위한 교량 피해가 심각했다.

정확한 피해 통계는 나오지 않았지만, 최소 3천5백억(455조) 달러의 피해가 발생한 것으로 보였다.

사회 시설 복구와 산업 기반 복구에 들어갈 비용 또한 3천억~4천억 달러에 달할 것으로 예상했다.

중국 내전이 끝났다는 소식에 끝없이 추락하던 세계 증시의 내림 폭이 완화되었지만, 상승세로 돌아서지는 못했다.

세계적인 투자은행들의 막대한 손실이 시장에 알려지면서

공포 분위기가 바뀌지 않았기 때문이다.

그러나 중국을 비롯한 동중국, 서중국, 남중국의 산업시설과 민간 시설 복구에 참여할 것으로 예상되는 기업들의 주가가 반등하기 시작했다.

동북 3성이 주축이 된 동중국의 초대 주석으로 선출된 조남기 주석은 러시아와 북한의 도움을 잊지 않겠다는 말과 함께 룩오일NY와 닉스홀딩스를 동중국 재건기업으로 선정했다.

이와 함께 동중국의 재건을 위해서 룩오일NY와 닉스홀딩스를 포괄적 협력관계와 함께 두 기업이 동중국의 경제 분야를 담당하기로 협정을 맺었다.

여기에 연변 조선족 자치구를 북한의 신의주특별행정구처럼 135년간 룩오일NY의 표도르 강 회장에게 할양하는 협정까지 일사천리로 맺었다.

특별한 상황이 발생하지 않는다면 계약은 자동 연장 되도록 했다.

이는 룩오일NY 산하 코사크의 놀라운 활약상으로 동중국 독립에 지대한 공헌을 한 덕분이었다.

더구나 러시아와 북한의 참전이 모두 룩오일NY와 닉스홀딩스을 이끄는 강태수 회장 덕분이란 것도 크게 작용했다.

"하하하! 그토록 원했던 간도가 우리 손에 들어왔습니다."

"진심으로 축하드립니다. 회장님의 선견지명이 우리 민족의 바람을 이루게 했습니다."

김동진 비서실장의 진심이 담긴 말이었다.

"하하하! 이제 만주도 손에 넣어야지요."

김만철 경호실장이 크게 기뻐하며 웃었다.

"간도가 밑바탕이 되어 만주 또한 우리 품에 안기게 될 것입니다. 그러기 위해서는 중국인들에게도 똑똑히 보여주어야 합니다. 누구 아래에 있는 것이 그들에게 있어 진정 행복한지를 말입니다."

간도를 얻었다고 무작정 만주를 손에 넣을 수는 없었다.

동북 3성의 주축 인구 중 한족이 월등했고, 군대의 숫자도 적지 않았다.

한 걸음 한 걸음 계획했던 대로 움직여야만 했다.

"중국을 비롯하여 서중국과 남중국보다 동중국이 월등한 경제력을 갖춘다면 중국인들도 회장님의 말을 따를 수밖에 없을 것입니다."

룩오일NY의 루슬란 비서실장의 말이었다.

그의 말처럼 경제적인 격차와 삶의 질이 달라진다면 동중국은 향후 남북한과 하나가 될 수 있을 것이다.

"맞는 말이야. 그래서 동중국 재건에 힘을 쏟아야 하는 거야. 폐허가 된 다롄항과 친황다오시 그리고 청더시를 완전히 탈바꿈한다면 동중국의 관리들은 우리를 따를 수밖에 없게 될 거야. 우린 동중국 국민의 마음을 가져오는 것이……."

막강한 전력을 제대로 활용하지 못한 채 휴전을 할 수밖에 없었던 베이징 당국의 실패를 교훈 삼아야 했다.

중국은 국민이 아닌 전쟁을 치르는 군을 우선시하여 식량과 물자를 통제했지만, 선양 군구는 부란과 도시락마트의 도움으로 식량 부족 사태를 겪지 않았다.

물자 통제와 강경 진압은 예상을 넘어선 시민들의 폭동을 유발했고, 민심이 돌아서자 쿠데타로 베이징 당국을 이끌던 리쭤청 주석과 장성민 부주석이 실각했다.

"교육에도 힘을 써야지만 향후 남북한과의 합병에서도 반발이 일어나지 않습니다."

"물론입니다. 동중국 각 지역에 한글과 문화를 가르치는 학교들이 세워질 것입니다. 한글을 배우고, 한국의 문화를 아는 학생들에게는 닉스홀딩스와 룩오일NY의 문이 열릴 테니까요. 자, 우린 위대한 첫발을 떼었습니다. 제일 먼저 해야 하는 일은 경제적 통합입니다. 러시아와 동중국 그리고 남북한 연결하는 경제적 통합 작업을 바탕으로 통일된 화폐가 기축통화로 자리 잡아야만……."

남북한과 러시아 그리고 동중국을 연결하는 삼각 벨트가

완성되면 남북한의 원화와 러시아의 루블화 그리고 동중국의 원화가 하나의 화폐로 탄생할 것이다.

그리고 이 화폐는 일본의 엔화가 가지고 있던 기축통화 자리를 빼앗아올 것이다.

그것은 곧 일본은 영원히 한민족의 아래에 놓이게 되는 시발점이 되는 일이다.

이미 금융업이 흔들리고 제조업이 삐걱거리는 상황에서 기축통화 자리를 빼앗기는 순간, 일본은 이류 국가로 전락할 것이다.

*　　　*　　　*

데이비드 로스차일드 II세와 스티븐 록펠러 3세는 1시간을 더 기다린 후에야 강태수 회장을 만날 수 있었다.

지구상에서 이 두 사람을 기다리게 한 사람은 강태수 회장이 처음이었다.

"만나서 반갑습니다."

늦어서 미안하다는 사과도 없이 당당하게 약속 장소로 들어온 나는 두 사람에게 차례대로 오른손을 내밀었다.

"우리의 만남이 늦은 것 같습니다."

스티븐 록펠러 3세가 날 보며 말했다.

"서로의 의견이 달라기 때문이지요. 오늘에서야 서로가 바라보는 관점이 같아졌습니다."

"처음 뵙겠습니다. 승자의 아량을 베풀어 주시길 바랍니다."

굳은 표정으로 데이비드 로스차일드 II세가 말했다.

"만약, 지금의 위치가 서로 바뀌었다면 승자의 아량을 베풀었을까요?"

데이비드 로스차일드 II세에게 의미심장한 말을 던졌다.

코사크 정보센터를 통해서 이스트 세력의 중추인 로스차일드가와 MI6이 나를 죽이기 위해 얼마나 많은 일들을 저질렀는지 보고받았었다.

"물론입니다, 승자는 막대한 전리품을 손에 넣게 되니까요."

데이비드 로스차일드 II세의 말처럼 패자에게 주어지는 것은 가혹한 추락이었다.

그동안 이룩해 놓은 모든 것을 빼앗기고 마는 것이다.

"어느 정도의 전리품인지 이야기를 나누어보면 알게 되겠지요."

내가 자리에 앉자 두 사람 또한 각자 맞은편 의자에 앉았다.

오늘의 만남은 세계를 두 지역으로 나누어서 지배하려고 했던 웨스트와 이스트 세력의 지배 구도가 바뀌는 날이기도

했다.

*　　　　　*　　　　　*

세계적인 투자 은행인 골드만삭스와 시티뱅크가 전격적으로 소빈뱅크에 인수되었다.

이와 함께 세계 3대 신용 정보 회사 중 하나인 무디스 (Moodys)가 소빈뱅크에 넘어왔다.

영국의 피치레이팅스(Fitch Ratings)의 지분 50%도 소빈뱅크가 소유하게 되었다.

이것은 웨스트와 이스트 세력을 이끄는 데이비드 로스차일드 II세와 티븐 록펠러 3세와의 협상을 통해 이루어진 일이다.

파탄으로 빠져드는 세계 금융시장의 안정을 위해서 소빈뱅크가 나선 것이다.

골드만삭스와 시티뱅크 인수 대금에 관련된 상황은 발표하지 않았고, 골드만삭스와 시티뱅크의 손실을 소빈뱅크가 책임지는 것으로 계약이 이루어졌다.

소빈뱅크 두 회사의 정상화를 위해서 3천억 달러를 투자하겠다고 발표했다.

이러한 조치에 힘입어 요동치던 전 세계 주식시장과 채권시장이 안정되는 분위기로 바뀌었다.

골드만삭스와 시티뱅크의 인수와 관련된 자금 중 80%를 5년 간 미국 연방준비은행(FRB)과 재무부의 지원을 받는 조건이었 다.

이와 함께 골드만삭스와 시티뱅크가 소유하고 있는 FRB 지 분은 소빈뱅크로 넘어왔다.

미국 FRB의 지분은 이제 정확하게 이스트와 웨스트 산하 투자은행과 금융기관이 3분의 1을 가져가고, 나머지 3분의 1이 소빈뱅크로 넘어온 것이다.

가장 큰 손실로 인해 자금경색에 빠져들던 골드만삭스와 시티뱅크를 소빈뱅크가 책임지자, 나머지 투자은행들을 미국 재무부와 FRB가 소방수로 나섰다.

영국과 프랑스 그리고 독일 또한 국채 발행을 통해서 위기 에 빠진 유럽의 투자 은행에 자금을 지원하기 시작했다.

사방으로 퍼져 나가던 산불을 조기 진화하는 조치들이 취 해진 것이다.

그러나 일본은 이러한 일련의 조치에 동참할 수 없는 상황 이 되어버렸다.

일본의 주요 15개 은행 중 8개가 파산하는 놀라운 일이 발 생한 것이다.

도쿄미쓰비시은행을 포함한 나미와야은행, 후지은행, 고후

크은행, 도쿄소화은행, 고후크은행 등 8개의 은행이 동시다발적으로 파산하는 일을 당한 것이다.

다른 은행들 또한 불량 채권과 투자 실패로 인한 손실이 눈덩이처럼 커졌다.

이와 같은 파산의 도미노는 소빈뱅크에서 판매한 파생 상품과 선물 옵션에 과도한 투자를 진행한 것이 문제였다.

미국의 투자은행들이 중국 내전이라는 천지개벽 같은 사건으로 인해 무자비한 손실이 발생한 것처럼 일본의 은행들도 동일한 선택을 당한 것이다.

문제는 일본의 은행들이 더욱 공격적인 형태의 투자를 단행했다는 것이다.

해당 은행들은 141(1,455조)조 엔이라는 천문학적인 손실을 발생시켰다.

파산의 면한 은행들 또한 68조 엔의 손실로 인해 일본 정부에 긴급 구제금융을 요청한 상태다.

문제는 파산한 은행들과 거래한 기업들에 대한 대출 회수와 금융거래가 중단되는 사태가 발생한 것이다.

쾅!

"일본이 망하는 것을 이대로 두고만 보겠다는 말입니까?"

모리 요시로 일본 총리가 두 손으로 회의하던 탁자를 내리치며 말했다.

"적어도 200조 엔을 투입해야만 합니다. 하지만 지금 그럴 자금이 없습니다. 미국에 요청하려고 했지만, 미국도 저희와 같은 상황이라 엔화 채권에 대한 지급보증을 해주지 못한다고 전해왔습니다."

일본은행의 사카기바라 총재가 어두운 표정으로 말했다.

미국과 유럽 또한 자국 은행들을 살리려는 조치로 인해 다른 나라를 돌아볼 여력이 없었다.

"지금의 사태를 막을 수 있는 곳은 소빈뱅크뿐입니다. 파산한 여덟 개 은행들도 소빈뱅크의 파생 상품인 소크에 가입하여 천문학적인 손실을 입었습니다. 소빈뱅크에 지급해야 하는 금액이 자본금을 넘어서는……."

일본의 대장상인 미와자야가 절망적인 표정으로 설명을 이어갔다.

파산한 일본 은행들은 98%의 확률로 손실이 발생할 수 없는 소크에 막대한 돈을 집어넣었다.

중단된 한일 해저터널로 큰 손실이 발생한 도쿄미쓰비시은행과 연관된 은행들도 놀라운 이익을 발생시킬 수 있는 소크에 앞다투어 가입했다.

소빈뱅크가 만들어 낸 파생 상품인 소크는 미치지 않고서는 나올 수 없는 상품이었다.

2%의 손실 확률은 일어날 수 없는 일이라 생각했다.

더구나 소크 지수와 연동되는 옵션 상품까지 마구잡이로 사들였다.

불량 채권들로 골치를 앓던 일본 은행들에 소크는 사막의 오아시스와 같았기 때문이다.

"후! 정말로 해결할 방법이 없던 말입니까? 8개 은행마저 파산하면 산업 전반이 붕괴될 수도 있습니다."

모리 총리가 회의에 참석한 인물들을 돌아보며 말했다.

이미 10조(105조 원) 엔을 파산한 은행들에 긴급 지원했지만, 그 자금 또한 소빈뱅크로 넘어갔다.

문제는 지금 당장 사카기바라 일본은행 총재의 말처럼 200조 엔을 만들어낼 수 없다는 것이다.

이번 주 내로 자금 지원이 이루어지지 않으면 나머지 은행들도 파산의 길로 걸어갈 수밖에 없었다. 은행들의 파산 행렬에 일본의 주식시장과 채권시장은 이미 회복할 수 없는 수준까지 떨어지고 있었다.

일본의 엔화 또한 폭락에 폭락을 거듭하여 달러당 250엔대까지 치솟는 놀라운 일이 발생했다.

시장에서 안전 자산으로 평가되던 엔화가 동남아시아와 남미국가의 외화보다 더 위험한 자산으로 본다는 것이다.

급격한 엔화의 폭락은 일본 기업들에게 좋은 영향을 줄 수 없는 사태였다.

이러한 일본의 상황에 편승한 투기 세력들은 엔화 자산을 공격적으로 대거 내다 팔며 미국의 달러와 러시아의 루블화를 사들였다.

국제금융시장에서는 러시아의 루블화가 일본의 엔화를 대체할 것이라는 소문이 돌고 있었다.

"국채를 발행한다고 해도 막대한 채권을 매입할 수 있는 기업이나 기관이 없습니다. 있다면 오직 소빈뱅크뿐입니다."

미와자야 대장상이 힘없이 대답했다.

200조 엔을 마련하기 위해서는 일본 국채를 발행할 수밖에 없지만, 2천조 원이 넘어가는 채권을 매입할 만한 주체가 없다는 것이 문제였다.

"후—우! 이번 사태를 해결할 곳은 오직 소빈뱅크뿐이라는 것입니까?"

모리 총리가 긴 한숨을 내쉬며 물었다.

"예, 미국과 유럽도 소빈뱅크의 도움으로 한숨을 돌릴 수 있었습니다. 저희도 소빈뱅크에게 손을 내밀어야만 합니다."

"후! 이 지경을 만들어놓은 소빈뱅크에게 무릎을 꿇어야 하다니……."

모리 총리는 사카기바라 총재의 말에 두 눈을 감으며 다시 한번 긴 한숨을 내쉬었다.

소빈뱅크가 일본에 내건 조건은 다이치강교—니혼고교—후지은행의 합병으로 탄생한 미즈호파이낸셜그룹의 미즈호은행과 상화—도카이간—도요신탁은행이 참여한 UFJ은행 그리고 스미토모—니혼신탁—아사히은행이 합병한 미쓰이스미토모은행까지 넘기는 조건이었다.

이것은 일본 내 1위부터 3위에 해당하는 은행을 모두 넘기라는 굴욕적인 일이었다.

Chapter 16

전 세계 금융시장에 지각변동이 일어나는 일이 또다시 발생했다.

미국의 골드만삭스와 시티은행에 이어서 일본의 자산순위 1~3위 은행인 미즈호은행과 미쓰이스미토모은행 그리고 UFJ은행 소빈뱅크에 넘어가는 초유의 사태가 일어났다. 소빈뱅크가 일본의 금융시장을 완전히 장악하게 되는 엄청난 사건이었다.

각 은행에 속해 있는 증권사들과 노무라 증권도 소빈뱅크 산하에서 들어왔다. 초거대 은행으로 재탄생한 소빈뱅크의 영향력은 미국의 연방준비은행(FRB)을 넘어서는 것으로 평가되었다.

소빈뱅크는 곧바로 인수한 세 은행에 대한 구조 조정과 자산에 대한 조사에 들어갔다. 이 과정을 통해서 소빈뱅크는 일본 내 기업들에 대한 지배 구조 개선 작업에도 착수했다.

일본 경제에 대한 개조 작업에 착수한 것이다.

"일본이 항복문서에 서명했습니다."

소빈뱅크 은행장인 이고르가 나에게 계약서를 내밀었다.

오늘 이후로부터 일본은행이 발행하는 국채를 소빈뱅크와 협의하겠다는 계약서였다.

"후후! 일본은 우리에게 종속될 수밖에 없게 되었어."

"예, 2백조 엔의 채권을 받아 줄 곳이 저희밖에 없기 때문이지요. 이자는 국제 거래 가격보다 3.7%를 더 받기로 했습니다."

소빈사쿠라를 책임지고 있는 데이비드 최의 말이었다.

데이비드 최의 표정은 마치 맥아더 장군이 일본의 항복문서에 서명하는 모습을 지켜보았던 표정처럼 보였다.

"일본 정부와 국민들은 빚을 갚다가 끝이 나겠군."

"예, 매달 저희에게 124억 달러의 이자를 지급해야만 합니다. 일본이 벌어들이는 경상수지 흑자 대부분이 소빈뱅크로 넘어올 것입니다."

소빈베어스턴스의 존 스콜로프가 자신감 넘치는 말투로 말했다.

그는 미국의 골드만삭스와 시티뱅크의 인수 작업을 진두지휘하고 있었다.

"36년 동안 우리 민족을 지배했던 일본의 끝자락은 결국 빚의 굴레에서 벗어날 수 없는 꼴이 되었군. 미래와 시대의 흐름을 알지 못하는 나라나 기업들은 도태될 수밖에 없는 시대로 접어들었어."

"회장님과 적이 되는 것은 시대의 흐름에 역행하는 일입니다. 러시아가 회장님을 만날 수 있었다는 것이 얼마나 행운이었는지 다시 한번 알게 되었습니다."

소빈뱅크 은행장인 이고르가 존경 어린 눈초리로 날 바라보며 말했다.

룩오일NY와 소빈뱅크로 인해 러시아의 루블화가 기축통화로의 역할을 인정받기 시작했다.

"자네들이 없었다면 이룰 수 없는 일이야. 이제부터 우린 세상을 움직이는 추가 어느 한쪽으로 쏠리지 않도록 균형을 잡는 역할을 해야 해."

"회장님께서는 충분히 그 일을 해내실 수 있으실 것입니다. 자, 여기에 서명하시면 됩니다."

루슬란 비서실장의 말에 주변에 있던 인물들 모두가 고개를 끄떡이며 말했다.

"이 서명으로 인해 오늘부터 일본은 새로운 세상을 맞이하게 될 거야."

일본은행 총재가 서명한 자리 위에 사인했다.

일본은 일본 국민에게 굴욕적인 형태의 계약을 알리고 싶지 않아서인지 오늘의 계약을 비밀에 부쳤다. 하지만 이미 소빈뱅크에게 헐값으로 매각된 일본의 은행들로 인해서 일본 국민의 사기는 전에 없이 떨어졌다.

여기에 소빈신용정보는 일본 유일의 신용정보 회사의 지위를 확보했다. 이제 앞으로 소빈신용정보를 통해서 일본 내 모든 금융기관과 기업 그리고 개인들의 신용 등급이 매겨지는 것이다.

이것은 일본 경제에 대한 러일 합방이나 마찬가지였다. 아니, 새로운 한일 합방이었다.

*　　　　　*　　　　　*

정신없이 모든 일이 지나갈 때 아주 기쁜 소식이 전해졌다.

마카오에서 정신을 잃고 깨어나지 못했던 예인이 기적처럼 깨어난 것이다.

이 소식이 전해지자마자 만사를 제쳐놓고 닉스병원으로 달려갔다.

병실 안에서는 반가운 웃음소리가 들려왔다. 이미 소식을 듣고 온 송 관장과 예인의 웃음소리였다.

"예인아!"
병실에 들어서자마자 예인의 이름을 힘차게 불렀다.
"조금 늦었네."
예인은 날 보자마자 특유의 환한 미소로 맞아주었다.
처음 그녀를 보았을 때처럼.

*   *   *

7년 후.
동북아시아의 경제의 축은 통일 한국으로 넘어왔다.
남북한은 공식적인 종전 선언 이후 휴전선을 개방했다. 그러나 남북한 주민들의 왕래는 허가를 받은 사람만이 오고 가도록 2년간 통제했었다.
대신 이산가족 상봉은 일주일에 한 번 정기적으로 이루어졌고, 금강산과 묘향산을 비롯한 북한의 관광 지구가 완전히 개방되었다.
남과 북을 갈라지게 했던 휴전선 일대의 자연 생태계는 영구 보전토록 특별법이 제정되어 일체의 개발 행위가 이루어질 수 없도록 했다.

휴전선이 제거되자 완벽한 백두대간이 완성되었고, 보존 지역에는 등산 및 사람들의 출입이 철저하게 통제되었다. 북한은 이와 함께 북한 지역의 공단들을 개방하여 남한 기업들을 유치했다.

이미 신의주특별행정구로 인해서 북한의 경제는 한 단계 업그레이드되었고, 주민들의 생활도 궁핍에서 벗어났다. 북한 전역에 다섯 개의 특별공단이 조성되었고, 남북한의 기업들이 대거 입주했다.

남북한은 2001년부터 엄청난 경제성장률을 기록하기 시작했다.

네 개의 나라로 갈라진 중국의 복구 작업 참여와 함께 첨단산업 분야에서 선구적인 기업으로 올라선 닉스홀딩스 약진이 대한민국의 발전을 이끌었다.

여기에 닉스홀딩스 산하 기업들과의 경쟁에서 밀린 일본기업들이 도태되면서 독점 공급 체제를 갖추기 시작했기 때문이다.

일본은 2000년에 겪었던 금융 대란을 극복하지 못한 채 국가 경쟁력이 해마다 떨어졌다. 일본이 자랑하던 세계적인 소재 업체와 기계 부품 업체들이 닉스홀딩스와 룩오일NY로 넘어간 것도 국제경쟁력이 떨어지는 요인이었다.

"오늘은 동중국과 통일 한국이 하나의 경제체제로 통합하는 것을 결정하는 역사적인 날입니다. 동중국이 자신의 원화를 포기하고 대한민국의 원화를 받아들이면 2억 명의 시장이 완전히 하나가 되는……."

SCS방송의 이경훈 기자는 통일 한국과 동중국의 경제가 하나로 합쳐지기 위한 국민투표 현장을 중계하고 있었다.

국민투표를 통해서 통일 한국의 8천만 인구와 동중국의 1억 2천만 명의 인구가 하나의 시장으로 합쳐지는 것이다. 이것은 대한민국과 동중국이 하나로 되기 위한 선제 조치였다.

"동중국의 국민투표는 통과가 확실합니다. 국민 대부분이 우리와 합쳐지는 것을 원하고 있습니다."

김동진 닉스재팬홀딩스 총괄대표의 말이었다. 그는 올해부터 일본에 세워진 닉스재팬홀딩스 총괄대표로 자리를 옮겼다.

닉스재팬홀딩스는 일본 내 기업들을 인수하여 만들어진 그룹이며, 산하 기업들에는 자동차와 전자, 조선, 반도체, 제약, 금융이 총망라되어 있다.

"꾸준한 교육과 경제 효과가 나타난 결과입니다."

간도가 넘어온 이후부터 닉스홀딩스와 룩오일NY는 한국어와 한국 역사를 가르치는 학교들을 세워 나갔다.

초등학교와 중고등학교는 물론이고 대학교까지 동중국 전역에 세워졌고, 물심양면으로 지원했다. 동중국 최고 대학으로 올라선 발해대학교는 아시아권 대학 순위에서도 1~2위를 다투는 학교가 되었다.

발해대학교의 모든 강의는 한국어로 진행되었고, 졸업 후 성적 우수자들은 닉스홀딩스와 룩오일NY에 취업 특전이 주어졌다. 이러한 특전으로 인해서 우수한 인재들이 대거 몰려들었다.

"예, 동중국의 경제 성장률이 다른 중국들을 큰 격차로 뛰어넘고 있는 상황을 동중국의 국민들이 확실히 인지하고 있습니다."

룩오일NY의 루슬란 비서실장의 말이었다.

총괄비서실장으로 올라선 루슬란은 룩오일NY에서 다섯 명의 최고경영자 레벨 중 한 명이었다.

그의 말처럼 동중국은 중국과 서중국 그리고 남중국보다도 경쟁성장률이 2배나 앞서나가고 있었다.

중국과 독립한 서중국과 남중국이 권력과 이권 다툼으로 자중지란에 빠졌을 때, 낙후되었던 동중국은 룩오일NY와 닉스홀딩스의 과감한 투자로 인해 모든 것이 달라졌다.

더구나 러시아군과 북한군이 그리고 코사크가 동중국의 주요 거점을 점령하여 더욱 강력한 치안을 유지하면서 내전 이후의 혼란을 막았다.

"앞으로 2년 후에는 대한민국과 동중국의 합병을 추진할 것입니다. 그때까지 우린 긴장을 늦추면 안 됩니다."

"이병준 주석은 회장님의 뜻을 충실하게 이행하는 사람입니다. 동중국의 주요 관리들도 두 나라의 합병을 원하고 있습니다."

새롭게 닉스홀딩스의 비서실장으로 격상된 김만철의 말이었다. 김만철은 비서실장에 오르기 위해 발해대학에서 경영학 석사와 MBA를 거쳤다.

경호실장에는 티토브 정이 올라섰다.

동중국의 새로운 주석으로 올라선 이병준 주석은 올해 물러난 조남기 주석처럼 조선족 출신이다. 그는 닉스홀딩스와 룩오일NY에서 근무했던 인물이기도 했다.

이병준 주석처럼 동중국을 이끄는 주요 관리들 중 조선조 출신이 많아졌다.

이러한 현상은 닉스홀딩스와 룩오일NY가 동중국에 끼치는 영향력이 확대된 결과였다.

"동중국과 합병이 이루어지면 루블화 또한 원화와 하나가 되는 작업에 들어가야 합니다."

루블화가 기축통화에 들어가면서 먼저 남북한의 통일과 동중국 경제통합에 매달렸다.

웨스트와 이스트 세력과의 협의를 통해서 달러뿐만 아니라 루블화로도 석유를 살 수 있게 되었다.

그것은 곧 미국의 달러와 러시아의 루블화가 동일 선상에 놓인 것이자, 기축통화로서 확고한 자리를 차지한 일이기도 했다.

"그리고리예프 대통령이 회장님의 지시를 충실히 이행하고 있습니다. 러시아와 동중국 그리고 대한민국의 경제과 하나가 되면 이 세상에서 저희를 상대할 경제주체는 없습니다."

루슬란 비서실장의 말처럼 긴밀한 관계를 맺고 있는 한국과 러시아의 경제가 하나로 이어진다면, 유럽의 EU와 미국과 캐나다 그리고 멕시코를 연결하는 경제블록을 넘어서게 된다.

러시아의 경제는 2000년을 시작으로 해마다 9~17%라는 놀라운 고도성장을 이어가고 있었다. 통일 한국 또한 70~80년대처럼 두 자리 숫자를 기록하며 아시아 경제를 이끌어갔다.

남중국과 대만이 긴밀한 관계를 맺으며 서중국을 끌어들이려고 했지만, 통일 한국이 주도하는 경제블록의 변방에 불과했다. 룩오일NY와 닉스홀딩스가 주도하는 투자를 따라올 기업이 없기 때문이다.

"영원한 것은 없어. 이스트와 웨스트 세력도 자신을 능가할 세력이 없다고 생각했었지만, 우리에게 따라잡혔으니까. 자만은 패망의 지름길이 될 수 있다는 것을 명심해야 해."

"예, 처음 가졌던 마음을 잊지 않을 것입니다. 그래야만 웨스트와 이스트의 세력이 저희를 넘볼 수 없을 테니까요."

루슬란은 내가 말하는 뜻을 바로 알아들었다.

아니 방 안에 있는 사람들 모두가 무엇을 이야기하는지 알고 있었다. 이스트와 웨스트는 나로 인해 세력이 많이 축소되었지만, 여전히 세계의 중심에 서서 우리와 경쟁하고 있었다.

*   *   *

"하하하! 어서 오십시오. 진심으로 축하드립니다."

김평일 명예주석은 나를 반겨주었다.

그는 남북한의 국민이 투표로 정한 대통령에게 권한을 물려주고서 권력에서 물러났다. 김평일의 대국적인 결단이 없었다면 남북한의 통일은 20년이 늦어졌을 것이다. 그는 또한 닉스홀딩스의 고문이기도 했다.

"모두가 김 주석님이 지원해 주신 덕분입니다."

"하하하! 누가 들으면 진짜로 알겠습니다. 제가 한 일은 마음으로 기도한 것뿐입니다. 모든 일은 회장님께서 이루어놓으셨습니다."

김평일 명예주석의 말처럼 동중국과의 경제통합은 전적으로 나의 작품이다.

  닉스홀딩스와 룩오일NY는 5년간 동중국에 8천5백억 달러라는 천문학적인 금액을 투자했다. 그러한 결과 동중국의 경제는 놀라운 성장률로 통일 한국을 앞지르고 있었다.

  "주석님의 지원이 없었다면 오늘 같은 일이 없었을 것입니다."

  "회장님께서 우리 민족이 나아갈 방향을 제시해 주셨기 때문입니다. 간도와 만주를 우리 품에 안겨주는 일을 그 누가 해낼 수 있었겠습니까? 신현석 대통령도 회장님의 뜻을 잘 이행할 것입니다."

  남북한이 통일되고 실시한 대통령선거에서 민주통일당의 신현석 의원이 당선되었다.

  광복회에서 일하던 신현석을 의원으로 만들고, 다시금 민주통일당의 총재로 이끌었던 것이 나였다. 그리고 대망의 통일 한국의 대통령선거에서 83%라는 놀라운 득표율로 당당히 대통령에 당선되었다.

  작년 두 번째로 대통령에 선출된 신현석 대통령은 앞선 4년 임기에서 불의와 불법에 대해 단호하게 대처했고, 그동안 청산하지 못했던 친일파와 친미파 등 통일 한국을 이롭게 하지 못한 세력들을 정리했다.

통일 한국의 대통령제는 미국처럼 임기가 4년 보장에 두 번까지 출마하여 연임할 수 있었다.

"고마운 말씀입니다. 이제 동중국과 경제통합이 성공적으로 이루어지면 러시아도 한국과 경제통합을 진행할 것입니다."

경제통합을 한꺼번에 할 수 없는 이유는 경제력의 차이와 함께 각 나라의 소득 차가 나기 때문이다.

러시아는 모라토리엄 선언 이후부터 가파른 경제성장률을 기록하며 동중국과 다음으로 높은 경제성장률을 기록 중이다.

정치적인 안정과 함께 제조 분야의 투자가 늘고, 국제 원유 가격이 오르면서 러시아의 경제는 계속된 호황기를 누리고 있었다.

룩오일NY 계열사들의 꾸준한 성장과 투자가 러시아를 단숨에 경제 대국으로 올라서게 했다.

기축통화인 루블화의 가치 상승과 원유를 루블화로 살 수 있다는 것이 러시아를 부국으로 이끌어가고 있었다.

"하하하! 정말이지 듣고만 있어도 기분이 좋아지는 말씀입니다. 옛 힘을 회복하고 있는 러시아까지 우리와 함께한다면 세상에 무서울 것이 없습니다."

미국의 국력은 예전 같지 않았지만, 러시아는 구소련의 영광을 이미 넘어서고 있었다. 군사력 분야에서도 미국과 충분히 맞설 수 있는 정도로 회복되었다.

러시아와 동중국 그리고 통일 한국은 군사 분야에서도 긴밀한 관계를 맺고 있었고, 미군은 5년 전에 한반도를 떠났다.

"예, 앞으로는 다른 나라에 휘둘리는 나라가 되지 않을 것은 확실합니다. 우리와 함께하는 국가들이 번영할 수 있도록 대국적인 마음으로 나아가야겠지요."

"그래야지요. 저는 회장님이 하시는 모든 일을 적극적으로 지지합니다. 앞으로 동중국과 하나가 되면 회장님께서 새로운 국가를 이끄셔야지요?"

김평일은 남북한이 통일되었을 때부터 내가 대통령이 되길 원했다.

"하하하! 저는 정치와는 어울리지 않습니다. 더구나 아내가 절대로 허락하지 않을 것입니다"

"하하하! 그건 저도 어쩌지 못하겠습니다. 제수씨께서 보통 분이 아니시니까요."

김평일 주석은 결혼식에 참석했었다.

"예, 보통 사람이 아니지요. 절 여기까지 이끌어준 사람이니까요. 요즘 들어 더욱 가족에 대한 생각이……."

김평일 명예주석과 이런저런 이야기를 하면 앞으로 일들을 논의했다.

아직까지 북한 지역에서는 김평일 명예주석의 영향력이 작지 않았다. 북한 주민들도 그가 보여준 지도력과 권력을 내려놓은 대국적인 결단을 높이 평가했기 때문이다.

*   *   *

평양과 서울을 잇는 새로운 10차선 통일로를 통해서 서울로 향하는 풍경은 너무도 달라져 있었다.

통일 한국의 새로운 수도는 평양이 되었고, 서울은 경제와 문화의 도시로 남았다. 정치와 행정도시는 평양이었지만, 아직은 경제와 문화는 서울이 담당했다.

동중국과의 통일을 위해서도 서울보다는 평양이 수도가 되는 것이 타당했다.

평양은 지금도 수많은 빌딩과 건물들이 들어서고 있었다.

전 세계의 나라들은 통일된 한국과 더욱 친밀한 관계를 맺기 위해서 노력했고, 수많은 사람들이 평양과 서울을 방문하기 위해 몰려들었다.

도로의 왼편에 공사 중인 서울과 평양 그리고 신의주를 잇는 고속철도가 완공되면 더욱 빠르게 사람들이 왕래할 수 있을 것이다.

중국의 분열 그리고 통일 한국에 의해서 세상을 움직이는 질서가 바뀌었다.

미국의 달러와 함께 기축통화의 한자리를 차지했던 엔화는 점차 그 힘을 잃어버렸고, 그 자리를 러시아의 루블화가 차지했다.

러시아는 일본의 GDP를 누르고 세계 경제 3위에 올라섰다.

세계 경제 2위 자리는 첨단 기술과 제조업 강국으로 거듭난 통일 한국이었고, 일본이 4위로 밀려났다.

통일 한국과 경제 통합을 이루었던 동중국은 10위에 올라섰다.

네 개로 쪼개진 중국은 내전에 따른 복구 작업이 끝나가자 다시금 경제가 성장하기 시작했다.

중국과 서중국 그리고 남중국은 통일 한국과의 관계를 최우선으로 생각하면 동중국이 누리고 있는 놀라운 경제 성장률을 가져오고 싶어 했다.

5년간의 복구 작업은 그동안 중국이 벌어들인 외화를 전부 소진하게 만들었다.

그들은 내전에 따른 복구 비용으로 천문학적인 돈을 지출했기 때문에 새로운 투자에 목말라 했다. 그러기 위해서는 통일 한국과 러시아의 경제 부흥을 이끈 강태수 회장의 눈에 드는 게 관건이었다.

"중국의 두주궈 주석이 회장님을 만나기 위해서 닉스호텔에서 기다리는 중입니다."

새롭게 비서실장이 된 김만철의 말이었다.

"후후! 동중국과의 경제 통합에 충격을 받은 것 같습니다."

"동중국과의 격차가 계속 벌어지고 있어서 두주궈 주석의 입지가 곤란해진 상황입니다."

일본으로 떠나게 될 김동진 닉스재팬홀딩스 총괄대표의 말이었다.

"더구나 중국에서 동중국으로 이민 신청을 하는 국민들이 늘어나는 것도 부담되는 것 같습니다."

김만철 비서실장이 말을 이었다.

그의 말처럼 중국의 지식층과 엘리트라 칭하는 인물들이 대거 동중국으로 이동하고 있었다. 이민자를 막을 수 없는 것은 중국에서 그들을 만족하게 해줄 만한 상황과 여건이 되지 않았기 때문이다.

동중국의 이민 조건이 무척이나 까다로운데도 해마다 수십만 명이 동중국으로 넘어왔다.

"이러다가 중국마저 우리에게 넘어오는 것이 아닌지 모르겠습니다."

"그렇지 않아도 중국이 유라시아경제공동체에 참여하기 원하는 눈치입니다."

내 말에 김만철 비서실장이 대답했다.

유라시아경제공동체에는 통일 한국과 동중국, 러시아, 우즈베키스탄, 키르기스스탄 그리고 몽골이 포함되었다.

이들 나라 모두 단일 경제공동체로서 닉스홀딩스와 룩오일NY의 지원을 받았고, 최종적으로는 단일 화폐를 사용할 예정이다.

여기에 중부아프리카연합과 동유럽의 국가들이 유라시아경제공동체와 긴밀한 관계를 맺고 있었다. 이것은 곧 세계를 움직여 왔던 서유럽과 미국의 영향력 축소를 가져오는 일이었다.

"중국이 넘어오면 서중국과 남중국도 흔들릴 것입니다. 물론, 그날까지는 긴 시간이 걸리겠지만, 칭기즈칸이 건설한 제국을 우리가 만들어낼지도 모릅니다."

내 말에 반론을 제기하는 사람은 없었다. 지금까지 내가 말한 이야기들이 모두 현실로 이루어졌기 때문이다.

꿈처럼 여겨지던 일들을…….

＊   ＊   ＊

서울은 새롭게 태어나고 있었다.

무분별하게 재개발되어 획일적으로 변해가던 서울은 이제

전통과 예술의 도시로 탈바꿈했다.

동대문(흥인지문)과 서대문(돈의문). 남대문(숭례문), 북대문(숙정문) 등 조선 시대의 건설되었던 사대문이 모두 복원되었다.

통일 한국은 정치인과 공무원들의 비리, 경제사범, 불법적인 부동산 투기, 강력 범죄 들은 코사크와 강력한 법체계 정비로 대부분 사라졌다.

범죄 행위로 벌어들인 수익은 전액 국고 환수와 함께 그에 따른 벌금이 수익 금액에 3배나 부과되었다. 벌금을 내지 못하면 형량이 더욱 늘어났고, 관련된 직장이나 직책에서 바로 해고를 당했다.

법조계에 만연했던 전관예우도 사라졌고, 고위층과 재벌 등 특권층에 대한 보호막도 모두 사라져 버렸다. 한마디로 범죄를 저지르면 그에 따른 죗값을 치러야만 했다.

러시아처럼 통일 한국도 코사크에게 수사권과 체포권이 주어졌다. 동중국 또한 코사크가 경찰과 함께 치안을 유지하고 있었다.

이러한 변화가 통일 한국을 대국으로 나아가게 만들었다.

닉스자동차가 만들어낸 고급세단이 북한산 자락에 자리를 잡은 멋진 한옥에 도착했다.

전통과 현대가 만나서 만들어진 한옥은 북한산과 잘 어우

러져 한 폭의 그림 같았다.

커다란 대문을 거쳐서 안채로 들어서자 잔디밭 한편에서 쌍둥이 두 딸과 첫째 아들이 수련하는 모습이 눈에 들어왔다.

고사리 같은 손으로 장인인 송 관장의 동작을 열심히 따라 하고 있었다.

"아빠 왔다!"

"아빠다!"

"아빠!"

내 목소리를 듣자마자 세 아이들은 나를 향해 힘껏 뛰어왔다. 그리고 내 목소리를 듣고 나온 세상에서 가장 아름다운 여인들이 날 보며 환한 미소를 짓고 있었다.

지금의 날 있게 한 사랑스러운 가인과 예인이······.

『변혁 1998』完.